Irene und Thomas Frei-Stadler

Flüsterstimme im Lebenssturm

Eine ermutigende Geschichte über die lebensverändernde Kraft aus dem Unbewussten

Verlagsinfo:

booksun.de

1. Printauflage November 2013

Dieses Buch basiert auf dem preisgekrönten Kinofilm **„Der Film Deines Lebens“**, produziert von **Irene und Thomas Frei-Stadler**, sowie dem Drehbuch von **Sebastian Goder**.

Mehr Informationen zum Film unter:

derfilmdeineslebens.de

Rohmanuskriptfassung: **Manfred Miethe**

Literarische Bearbeitung: textniveau.de **Tanja Fürstenberg**

Umschlag: **Birgit Schössow**

Model für Titelbild: jochenliess.de **Jochen Liess**

Portraits für Titelbild: **Sandro Lang**

Buchblock: **Ernst Trümpelmann**

ISBN 978-3-941527-20-1

Weitere Informationen zum Thema unter:

flüsterstimme.de

Inhalt

Danke!

Liebe Leserin und lieber Leser,

herzlichen Dank für Ihr Interesse an diesem Buch. Begleiten Sie Blank auf seiner Reise zu sich selbst und zu den Geheimnissen des Lebens.

Es war uns ein großes Anliegen und ein Herzenswunsch, das Wissen um die Spielregeln des Lebens allen Menschen zugänglich zu machen und mit Hilfe dieses Buches auf unterhaltsame Weise weiter zu vermitteln.

Sie werden bereits beim Lesen von dem unschätzbaren Wissen profitieren und viele Parallelen zu Ihrem eigenen Leben ziehen können.

Viele von Ihnen kennen wahrscheinlich bereits den preisgekrönten Film „Der Film DEINES Lebens“ auf dessen Grundlage dieses Buch entstanden ist. Bereits bei der Umsetzung des Films hat uns der Regisseur und Drehbuchautor Sebastian Goder tatkräftig unterstützt. Vielen Dank, Sebastian, für deine Hilfe!

Unser herzlichster Dank geht auch an alle unsere Freunde und Bekannten, die uns unterstützt und immer wieder neu motiviert haben, dieses Film- und Buchprojekt durchzuziehen. Es war uns eine Ehre, mit euch zusammen das neue Wissen zu entdecken, Wahrheiten zu erkennen und an den Aufgaben, die uns während dieser intensiven Zeit gestellt wurden, zu wachsen.

Auch wir sind nun reicher an Erfahrungen, und unser Leben ist erfüllt von Glück und Harmonie. Dies möchten wir mit Ihnen teilen!

Wir wünschen Ihnen beim Lesen dieses Buches viele spannende und neue Erkenntnisse und freuen uns, wenn auch Sie die Geheimnisse des Lebens verstehen lernen und das Glück in Ihrem Leben erkennen.

Herzlichst

Irene und Thomas Frei

Seminartrainer, Filmproduzenten, Buchautoren

PS: Gerne möchten wir Sie noch persönlich begrüßen und Ihnen die Chance geben, uns kennenzulernen. Deshalb haben wir für Sie ein exklusives Begrüßungsvideo bereitgestellt unter: **fluesterstimme.com/willkommen**
Am besten, Sie schauen es sich gleich an.

PPS: Zusätzlich haben wir für Sie als Leser einige Geschenke vorbereitet, bestehend aus einem Trailer zum Film DEINES Lebens, diverser Gratis-Downloads, sowie Ausschnitten aus dem Film. Hier finden Sie Ihr persönliches Geschenk: **fluesterstimme.com/geschenke**

Vorwort

Spanien – Ein breiter Strand bei Tarifa – Der südlichste Zipfel Europas – 40 Grad im Schatten – Produzent und Regisseur des Filmes „Der Film Deines Lebens“ sitzen nach dem letzten Drehtag bei einem Caipirinha in einer Strandbar. Im Hintergrund leise Musik.

Thomas Frei (Produzent):

Sebastian Goder (Regisseur):

„Zum Wohl!“

„Auf den Film!“

„Hättest Du Dir noch vor vier Jahren vorstellen können, dass wir eines Tages hier sitzen und auf erfolgreiche Dreharbeiten zurückblicken?"

„Unglaublich!"

„Wer hätte das gedacht?"

„Na wir! Hast Du jemals gezweifelt?"

„Nein. Seit meinem Traum nicht."

„Welcher Traum?"

„Hab ich Dir das nie erzählt?"

„Erzähl es noch mal! Die Geschichte ist zu schön."

„Ich hab vor 7 Jahren davon geträumt einen Film zu produzieren, der die Inhalte unserer Seminare und Forschungen vermittelt. Ich habe geträumt, wie weit sich dadurch Wissen verbreiten lässt. Und zwar auf eine spielerische Art und Weise."

„Das ist schon irre. Weißt Du noch, als wir uns kennenlernten und ich immer wieder mit der Idee kam einen Film machen zu wollen, der die Inhalte von erlernbarer Intuition und somit schöpferischer Lebensgestaltung vermitteln soll? Du hast mir damals nichts von Deinem Traum erzählt."

„Das wäre ja auch zu einfach gewesen. Du wolltest damals eine Fortsetzung von ‚Bleep' und ‚Secret' drehen."

„Ja, das war damals sehr theoretisch gedacht. Und du bist mir immer wieder auf die Füße getreten und hast mich nach dem Nutzen des Films gefragt. Du wolltest einen Film, der allen nutzt."

„Ja, das war das Ziel."

„Mann, was hab ich an Exposés und Drehbuchfragmenten geschrieben, die dir alle nicht gefielen. Aber ich hab viel gelernt dabei."

„Ich hab immer gespürt, dass da ein unglaubliches Potential ist, aber es noch nicht genutzt wird."

„Ich glaube, das war in der Zeit, als du mir unter dem Siegel der Verschwiegenheit den ersten Entwurf von Irenes Buch* zu lesen gabst. Das war der Hammer. Ich hab ja unendlich viel in diese Richtung gelesen, aber dieses Buch ist ultimativ. Das hat viel bei mir aus-

---

*Irene Frei Stadler: „Das Lebensspiel", 288 Seiten, Arkana, ISBN: 978-3442341085m

gelöst. Das Prinzip der Polarität, das Irene zum Hauptbestandteil neben sechs anderen Lebensprinzipien macht, erklärt so viel über unser Leben, wie und warum wir verdrängen, krank werden, unglücklich sind und so weiter. Auf das Buch!"

„Auf den Film!"

„Salute!"

„Salute!"

„Mann, wie oft bin ich zu Dir gekommen und hab Dir vom Film vorgeschwärmt, weil ich Dich als Sponsor gewinnen wollte. Das letzte Mal hab ich Dich sogar auf Deiner Hochzeit bedrängt."

„So ist das, wenn man etwas wirklich aus tiefstem Herzen will."

„Aber dann warst Du Feuer und Flamme."

„Ja, weil ich Dir sagte, so ein Film interessiert mich nur, wenn es ein Spielfilm wird."

„Genau. Das war der Moment an dem es losging wirklich interessant zu werden. Jede Szene, die stellvertretend für einen bestimmten

Lebensbereich ist, entstand in tiefen Traumsessions. Ich wollte möglichst wenig Ausgedachtes dabei haben."

„Ja, so hatte ich das geträumt. Und wir haben viel gelernt bei der Arbeit. Wir übers Filmemachen und Du über die sieben Lebensprinzipien."

„Einmalig!"

„Meine Bedenken waren ja, wie man diese Fülle an Informationen in einen Spielfilm bekommt, ohne dass er belehrend wirkt."

„Das stimmt. Aber wir haben da ein einmaliges Crossover aus Spiel- und Lehrfilm geschaffen. Die innere Stimme, die Blank hört, nachdem er sein Gedächtnis verloren hat, ist ein unsichtbarer Mitspieler und Lehrer zugleich, der in unseren grandiosen Aufnahmen überall zu spüren ist. Weißt Du was ich glaube, was uns sogar gelungen ist?"

„Eine Reise ins Innere des Zuschauers. Zum ersten Mal werden alle sieben Lebensprinzipien integriert sein. Erst wenn alle uns beeinflussenden Prinzipien erkannt werden, kann man zum bewussten Schöpfer seines Lebens werden."

„Ob in der Partnerschaft, im Beruf,…“

„… bei den Finanzen, in der Gesundheit oder im Sinn seines Lebens.“

„Si, Compadre. Wir sollten mit der Nummer auftreten.“

„Ob uns hier einer versteht? Mitten am Spanischen Strand, gegenüber Afrika?“

„Gefühle sind international und ansonsten wird untertitelt.“

„Auf das Leben!“

„Auf das Leben!“

„Die intensive Vorbereitung hat sich wirklich gelohnt.“

„Immerhin stecken vier Jahre Arbeit im Film – und Euer Wissen aus den Intuitionsseminaren.“

„Da kommen locker noch mal 15 Jahre dazu.“

„Ja, und mehr und mehr wirkte der Sog des Films auf jeden von uns. Ich hab noch nie ein Team erlebt, das in den Drehpausen über Lebensfragen und Blockaden mit dem Buch in der Hand diskutiert hat.“

„Unglaublich wie jeder offen für den Stoff war. Hast Du gemerkt, wie sich jeder Schauspieler nicht nur mit seiner Rolle identifizierte, sondern sie nach Drehschluss weiterlebte?“

„Das Prinzip der Resonanz. Ich denke, die Besetzung ist kein Zufall. Jeder lebte seine Rolle. Jeder war ab einem bestimmten Punkt er selbst mit seinen privaten Themen, die sich mit den Inhalten der Rollen zu decken schienen. Der Film ist tatsächlich ein Geschenk ans Bewusstsein. Für uns, alle Beteiligten und ab jetzt auch für den Zuschauer.“

„Ja, ein Geschenk mit vielen Lösungen fürs Leben.“

„Und wer kennt nicht diese Gedanken bei sich selbst: „Warum erreiche ich mein Ziel nicht? Warum habe ich ständig Stress mit meinem Partner? Oder hat mir dieser Stress etwas zu sagen? Wieso ziehe ich immer wieder Probleme an? Warum liebt sie/er mich nicht? Warum fällt mir meine Arbeit so schwer? Warum sieht keiner was in mir steckt? Wieso bin ich so oft krank und wie werde ich gesund? Oder will mir die Krankheit etwas sagen? Wo bleibt mein optimaler Partner? Wie kann ich meinen optimalen Beruf finden? Wie kann ich meine Finanzen aufbessern? Ich weiß nicht was, aber irgendetwas stimmt nicht, und so weiter."

„Jeder, dem diese Fragen schon mal begegnet sind und er bisher keine Antwort darauf gefunden hat, sollte sich den Film ansehen."

„Und jeder, der sich keine dieser Fragen gestellt hat, sollte sich den Film ansehen, weil er hier mit Sicherheit etwas entdeckt, worauf er im Leben nicht gekommen wäre und was sein Leben um einiges bereichern und verschönern wird."

„Habe ich Dir eigentlich schon erzählt, was ich letzte Nacht geträumt habe?"

„Ich muss Dir auch was erzählen. Mir kam da heute Nacht so eine Idee …"

Bei Sonnenuntergang saßen zwei Freunde an einem menschenleeren Strand am südlichsten Zipfel Europas und steckten die Köpfe zusammen bis tief in die Nacht.

Spanien, am 23. Juli 2010

Und aus dem Film entstand dieses Buch.

Prolog

Wer bin ich?

Weite, nichts als weiße Weite um mich herum, die keinen Horizont erkennen lässt, die sich bis in die Endlosigkeit erstreckt. Mühsam bewege ich mich vorwärts, mein Körper schleppt sich durch unberührten Sand. Allmählich dehnt sich auch in mir diese Weite aus. Ich spüre eine undurchdringliche Leere, einer polierten Wand gleich, an der kein Gedanke Halt findet, sodass er mir, kaum gedacht, entgleitet.

Wo bin ich? Oder vielmehr, *wer* bin ich?

Mein Verstand sucht einen Orientierungspunkt, aber in dieser Weite existieren weder Bäume noch Felsen, weder Straßen noch Häuser. In diesem blendenden Weiß über mir ziehen auch keine Wolken. Lediglich die Spitzen einzelner Pflöcke ragen aus dem Sand. Aneinandergereiht muten sie an wie Buhnen, Pfähle aus Holz, die Wellen brechen sollen. Aber wenn ich an einem Ufer bin, wo ist dann das Meer? Ist es versiegt?

Es ist still. Nur in mir tobt ein Lärm. Ich springe gegen die Wände meines Gehirns, rufe nach Hilfe. Warum hört mich bloß niemand?

Doch halt! Ist da etwas? Die Spur einer Bewegung im gleißenden Licht? Ich wende mich um, sehe aber nichts. Plötzlich spüre ich eine sanfte Berührung an der Schulter. Langsam drehe ich mich zur Seite, erblicke eine Art Nebel, der allmählich Form annimmt. Aus dem Dunst entsteht die Gestalt eines hochgewachsenen Mannes, der mich freundlich anlächelt.

Woher kenne ich ihn? Warum ist er mir so vertraut? Bin ich das etwa? Nein, ich kann es nicht sein, ich trage einen blauen Anzug mit passender Krawatte, an den Füßen leicht dreckige Schuhe, in der Hand halte ich eine Tasche. Der Mann hingegen ist komplett in Weiß gekleidet, er trägt eine Art Kutte. Ein Beduine? Bin ich verrückt geworden? Wie soll ich denn in die Wüste gekommen sein? Ein Engel? Bin ich tot? Ist das der Himmel? Ein Mönch? Habe ich eine Vision? Sind Visionen nicht etwas für Mystiker?

Ich will sprechen, aber aus meinem Mund kommt kein Wort. Ich bin wie gelähmt, starre ihn einfach nur an. Er lächelt und nimmt mir die Tasche aus der Hand. Sofort fällt eine immense Last von mir ab. Der Unbekannte beginnt, mir die Jacke auszuziehen. Er löst meine Krawatte und knöpft mein Hemd auf. Unwillkürlich atme ich tief durch. Ich lasse es willenlos geschehen, es fühlt sich richtig an. Ich bin verwirrt, aber einverstanden.

„Wer bist du?" Krächzend forme ich erste Worte. Der Mann ignoriert die Frage und zieht mich ungerührt weiter aus. Als Nächstes die Schuhe, schließlich die Strümpfe.

„Wo bin ich?" Er lächelt und zieht mir die Hose aus. Ich beginne, mich immer leichter zu fühlen, als ob ich ein Schmetterling wäre, dessen Kokon langsam aufbricht.

„Warum tust du das?" Noch immer wehre ich mich nicht. Anscheinend passt zu meiner inneren auch eine äußere Nacktheit.

Zum Schluss nimmt mir der Mann die Sonnenbrille ab. Ich bin dem Glanz um mich herum vollkommen ausgeliefert. Hatte ich vorher gedacht, es sei hell, so ist es jetzt dermaßen lichterfüllt, dass in diesem Glanz alles verschwindet.

Plötzlich höre ich eine Stimme. Seine Stimme? Sie ist melodisch, tief und eindringlich. Ob sie in mir ertönt oder von außen kommt, vermag ich nicht zu sagen. Ich kenne sie, aber ich weiß nicht woher. Sie ist mir vertraut, ich kenne sie einfach.

Ich bin deine innere Stimme. Deine innere Führung. Ich bin schon immer da gewesen. Nur hast du bisher nicht auf mich gehört. Dabei bin ich dir näher als dein Auge, näher als dein eigenes Herz.

„Warum habe ich dich dann bisher nie gehört?“

Du warst zu beschäftigt, anderen Stimmen zuzuhören, da konntest du meiner Stimme nicht lauschen. Komm mit mir, ich will dir dein Leben zeigen und wer ich wirklich bin. Ich werde dir den Film deines Lebens zeigen.

Ich falle. Oder schwebe ich empor? Noch immer bin ich vollkommen orientierungslos. Die weiße Weite um mich verdichtet sich zu einem Raum, zu einem Raum mit einem Bett darin, in dem ein Mensch liegt. Eine Frau steht daneben und blickt auf ihn herab.

Kapitel 1

Erwachen aus dem Koma

Behutsam zieht Schwester Maria die Decke des Patienten zurecht. Sie behandelt ihn sorgsam, beinahe liebevoll, obwohl er bereits zwei Wochen im Koma liegt - ohne erkennbare Anzeichen dafür, dass er jemals daraus erwachen wird. Heute jedoch, das spürt Maria deutlich, wird etwas geschehen. Sie nimmt eine eigentümliche Spannung wahr, ähnlich wie vor einem Gewitter, fast greifbar. Sie streicht dem Patienten über die Wangen, befühlt die Bartstoppeln und ertappt sich bei dem Gedanken, dass sie ihn attraktiv findet. Schleunig verdrängt sie diese Empfindung, schließlich ist dieser Mann – nein, dieser Mensch – vollständig auf ihre Hilfe angewiesen.

Frau Schneider, die Oberärztin, betritt das Zimmer. Sie nickt Maria kurz zu, geht geradewegs zum Bett, hebt ein Augenlid des Kranken und leuchtet ihm mit einer Lampe ins Auge. Als er plötzlich auch das andere öffnet, erschrickt sie und macht einen Schritt zurück.

Maria lächelt, ihre Ahnung hatte sich bestätigt.

Die Ärztin schaut sie erstaunt an. Nachdem sie ihre Fassung wiedergewonnen hatte, beugt sie sich erneut über den Patienten: „Hallo! Hören Sie mich? Wie heißen Sie?"

Keine Reaktion.

Sie hebt die Stimme: „Hallo!"

Wieder nichts. Oder doch? Seine Hand zuckt.

Die Ärztin hält ihm einen Finger vor das Gesicht. Folgen Sie dem Finger!" Sie bewegt ihn von links nach rechts und zurück.

Abermals keine Reaktion. Aus blauen Augen schaut er die beiden teilnahmslos an. Nur ein Mundwinkel zuckt kaum erkennbar.

Frau Schneider wendet sich der Schwester zu. „Konnten Sie schon irgendetwas über seine Identität in Erfahrung bringen? Gibt es Angehörige?"

„Nein, keine Angehörigen. Zumindest hat sich niemand bei uns gemeldet. Wir haben Fingerabdrücke sowie eine DNS-Probe an die Polizei geschickt, aber dort führt man ihn nicht in der Kartei. Es ist, als ob er nicht existiere."

„Unglaublich! Und das im 21. Jahrhundert. Wo wurde er denn gefunden?"

„Im alten Steinbruch, glaube ich."

„Im alten Steinbruch? Hier steht, dass er fast drei Promille Alkohol intus hatte. Ein Wunder, dass er noch lebt. Dass sein Gehirn dabei gelitten hat, ist allerdings nicht verwunderlich."

Frau Schneider schaut den Patienten erneut prüfend an. „Ein Obdachloser ist er jedenfalls nicht. Seine Kleidung spricht dagegen. Ein Suizidversuch vielleicht?" Sie versucht zu ergründen, warum ein Mensch aus dem Leben scheiden will. Für sie kommt das einem Davonlaufen gleich. Anstatt sich einfach seinem Schicksal zu ergeben, so wie sie es tat, hatte dieser Mensch aufgegeben. In jedem Leben gibt es Tiefen, was sollte man daran großartig ändern können? In ihrer Funktion als Ärztin findet sie Anhaltspunkte für einen Suizidversuch. „Er hatte eine hohe Dosis Schlaftabletten intus. Wahrscheinlich wollte er seinem Leben tatsächlich ein Ende setzen."

Schwester Maria reagiert nicht auf das Selbstgespräch ihrer Vorgesetzten, stattdessen schaut sie den Mann mitfühlend an. „Wo er wohl die ganze Zeit über gewesen ist?" In ihrer Stimme liegt neben Mitgefühl für den Erkrankten auch ein Hauch von Sehnsucht.

„Na, wo schon? Hier im Bett natürlich!", antwortet Frau Schneider genervt. Sie wendet sich dem Patienten zu, versucht es noch einmal:

„Hören Sie mich?"

Maria flüstert: „Das meine ich nicht. Ich meine, tief in seinem Inneren. In seinen Gefühlen, Gedanken, Träumen … in seiner Seele."

„Dieser Mann lag bis eben im Koma. Da gibt es kein Fühlen oder Denken. Da müssen die elementarsten Körperfunktionen am Leben erhalten werden. So einfach ist das." Frau Schneider atmet hörbar aus. „Und die Seele? Die müssen Sie mir erst einmal zeigen, bevor ich mich näher damit beschäftige."

Bei diesen Worten schleicht sich ein erstes, noch zartes Lächeln auf das Gesicht des Mannes. Es scheint, als erlebe er irgendetwas Schönes oder als amüsiere er sich über das Gehörte.

Frau Schneider wendet sich zum wiederholten Mal ihrem Patienten zu. „Hallo? Können Sie uns verstehen?"

Maria fügt schüchtern hinzu: „Wissen Sie, wer Sie sind?"

Die Ärztin schaut in die Unterlagen. „Laut dem CT sind keine zerebralen Schädigungen sichtbar. Auch keine kortikale Atrophie, keine Hypoxie. Nichts."

Maria spricht weiter mit dem Patienten: „Wissen Sie, was mit Ihnen passiert ist?"

Keine Reaktion, nur die blauen Augen sehen die Frauen freundlich an. Langsam wandert der Blick an den beiden vorbei zur Wand, an der ein Bild hängt. Dort kommt der Blick zur Ruhe, die Augen weiten sich leicht, als erkenne der Patient etwas.

„Sieh da, Sie schauen sich unseren Wanderer an." Maria lächelt.

Die Ärztin korrigiert: „Nicht unseren Wanderer, den Wanderer über dem Nebelmeer von Caspar David Friedrich."

Der Mann schaut wie gebannt auf das Bild. Was sieht er?

Was ich sehe? Ich sehe eine felsige Nebellandschaft, aber ich sehe keinen Wanderer. Wie soll ich auch? Ich selbst bin ja der Wanderer, der sich einen Weg aus dem Nebel seiner Vergangenheit sucht. Wer bin ich? Und wer sind diese beiden, die auf mich einreden?

Später am Nachmittag konsultiert Frau Schneider den Patienten ein weiteres Mal. „Hat er inzwischen etwas gesagt? Irgendetwas?"

Maria schüttelt den Kopf. „Nein."

„Wissen wir denn jetzt wenigstens, wer er ist?"

Wieder schüttelt Maria den Kopf. Eine ihrer unzähmbaren Locken fällt ihr ins Gesicht.

Frau Schneider schaut sie missbilligend an. Sie mag die Krankenschwester nicht besonders. Zu unkonventionell in ihrer Erscheinung, vor allem aber zu fürsorglich im Umgang mit den Patienten. Die Zeit, in der die Kranken versorgt werden müssen, ist knapp bemessen. Maria hielt sich zu lange bei den Patienten auf und sie als Oberärztin musste das verantworten.

Maria streicht die widerspenstigen Haare aus dem Gesicht.

Nun ist es Frau Schneider, die kurz den Kopf schüttelt. „Wenigstens wird er nicht großartig stören. Wir bekommen nämlich gleich ein akutes Magengeschwür rein. Übrigens ein recht bekannter Manager. Ich glaube, in der Zeitung stand sogar einmal ein Artikel über ihn drin. Eigentlich ist er ja Privatpatient, aber da alle Zimmer belegt sind, muss er für eine Nacht mit diesem vorliebnehmen. Unser stummer Freund wird ihm allerdings kaum auf die Nerven fallen. Schließlich ist er der stillste Bettnachbar, den man sich nur wünschen kann." Sie lächelt über ihren Witz und schaut Maria unschuldig an. „Dummerweise hat das Putzpersonal bereits Feierabend. Würde es Ihnen etwas ausmachen, den Boden aufzuwischen? Und schön blank, wenn ich bitten darf." Die Ärztin berührt noch die Schulter des Patienten, bevor sie das Zimmer verlässt.

Schwester Maria klemmt die widerspenstige Locke hinter das Ohr und wiederholt leise: „Und schön blank, wenn ich bitten darf. Haha! Die und bitten. Dass ich nicht lache. Schön blank …"

In diesem Augenblick dreht der Mann im Bett den Kopf, schaut ihr direkt in die Augen.

Maria durchläuft ein Schauer. Dieser Blick!

Er öffnet den Mund, als hätte er dies lange nicht getan, und krächzt: „Blank …“

Kapitel 2

Blank und das Magengeschwür

Eine Stunde später, als Oberärztin Schneider nach dem „stummen Freund" sieht, wie sie ihn nennt, berichtet ihr Maria aufgeregt, dass der Patient gesprochen habe. „Stellen Sie sich vor, er hat geredet."

„Und? Was hat er Weltbewegendes gesagt? Vielleicht seinen Namen verraten?"

Maria schaut verlegen. Sie ist von der Reaktion der Ärztin enttäuscht. Schließlich ist es doch ein kleines Wunder, eine Art Neugeburt, wenn ein Mensch aus dem Niemandsland des Komas zurückkehrt in die Welt der Wachen.

„Ich bin mir nicht sicher, er hat nämlich nur ein einziges Wort gesagt."

„Und welches Wort?", fragt die Ärztin ungehalten. „Meine Güte, jetzt lassen Sie sich doch nicht alles aus der Nase ziehen!"

„Blank."

„Blank?"

„Ja, Blank."

„Was soll das bitte bedeuten? Ist das sein Name?"

Die schroffe Art ihrer Vorgesetzten verunsichert Maria. Woher soll sie denn wissen, was mit dem Wort gemeint ist? „Das weiß ich leider nicht, Frau Oberärztin."

„Das ist bestimmt sein Name. Sicher will er uns mitteilen, wie wir ihn ansprechen sollen. Jeder Mensch braucht schließlich einen Namen. Ohne Namen existieren wir doch überhaupt nicht." Sie beugt sich über den Patienten. „Heißen Sie Blank? Hallo, Herr Blank? Hören Sie mich?

Können Sie mir ein Zeichen geben, dass Sie mich verstehen können? Nein? Kein Zeichen?" Seufzend richtet sie sich auf, stößt beinahe mit Maria zusammen, die dicht hinter sie getreten ist. „Passen Sie doch auf! Also gut, solange wir nichts Gegenteiliges von ihm hören, nennen wir ihn Blank. Das ist immerhin besser als eine Nummer. Morgen wird er sowieso verlegt. Dann können andere Detektiv spielen. Ich habe wirklich genug zu tun." Sie verlässt das Zimmer. In der Tür dreht sie sich noch einmal um. „Veranlassen Sie bitte alles Weitere." Nach einem kritischen Blick auf den Boden fügt sie hinzu: „Übrigens, schön blank!" Sie marschiert davon.

Maria hört eine Weile das Klappern ihrer Schuhe auf dem Gang, dann wird es still.

Aber nicht ganz still, denn der Mann krächzt wieder: „Blank."

Maria wendet sich ihm zu und benetzt ihm die spröden Lippen. Gierig saugt die ausgetrocknete Haut das kühlende Nass auf. Sie schafft es einfach nicht, ihn nur als Patienten zu sehen. Sie vermag es eigentlich nie, die ihr anvertrauten Menschen als Krankheitsfälle zu betrachten. Für sie sind es vor allem Menschen, die Hilfe brauchen. Ihre Hilfe. In diesem Fall geht es sogar darüber hinaus. Vor ihr liegt nicht nur ein Mensch, sondern auch ein äußerst attraktiver Mann. Sie selbst lebt lange Zeit ohne einen Partner, erzieht ihren Sohn allein, geht nicht unter Leute. Hier im Krankenhaus wird sie den Mann ihrer Träume gewiss nicht finden. Aber warum eigentlich nicht hier? Maria gibt sich ihrer Fantasie hin und wird jäh aus ihren Träumereien gerissen, als die Tür aufspringt.

Ein Krankenbett mit einem Mann darin wird hereingeschoben.

„Einen schönen guten Tag", begrüßt sie den Neuankömmling. „Ich bin Schwester Maria."

„Ich weiß wirklich nicht, was an diesem Tag schön sein soll", antwortet der Mann. „Haben Sie auch nur die geringste Vorstellung davon, wie viel Geld ich heute bereits verloren habe, weil ich wegen eines lächerlichen Magengeschwürs hier untätig im Bett herumliegen muss? Nein?

Keine Ahnung? Das wundert mich nicht."

Statt einer scharfen Erwiderung atmet Schwester Maria tief durch. Nicht sofort reagieren, erst einmal durchatmen, dann antworten. Das hatte sie seinerzeit in einem Seminar gelernt und bisher hatte dieses Vorgehen meistens geholfen.

Aber bevor sie überhaupt etwas sagen kann, stolziert Frau Schneider in den Raum. Grimmig schickt sie den Pfleger hinaus. Sie ist verärgert darüber, dass sie ihrem Privatpatienten eröffnen muss, dass für ihn kein Einzelzimmer zur Verfügung steht. Sie denkt, für alles verantwortlich zu sein, was sie extrem unter Druck setzt, und jeden, der mit ihr in Berührung kommt, lässt sie ihr Unbehagen spüren. Ihr Gesichtsausdruck verändert sich jedoch schlagartig, als sie sich dem soeben eingelieferten Patienten zuwendet.

„Mein Name ist Doktor Schneider, Oberärztin Schneider. Bitte entschuldigen Sie die Unannehmlichkeiten, Herr …" Sie wirft rasch einen Blick in die Krankenakte, die sie in der makellos manikürten Hand hält. „Herr Bartneck. Ab morgen früh gehört Ihnen dieses Zimmer selbstverständlich allein. Ihr Bettnachbar wird Sie allerdings kaum stören. Er ist der ruhigste Mensch unter der Sonne."

Herr Bartneck hat für sie nur ein müdes Lächeln übrig. Plötzlich spürt er, wie erschöpft er ist. Er will nur schlafen, am liebsten eine Woche lang. „Das ist mir egal, solange er mich nicht vollquatscht. Hauptsache, Sie machen mich so schnell wie möglich wieder fit", sagt er. Mit einem kurzen Seitenblick auf seinen Bettnachbarn fügt er hinzu: „Ich kann es mir im Gegensatz zu gewissen anderen Leuten nämlich nicht leisten, auf der faulen Haut zu liegen."

In diesem Augenblick klingelt sein Handy.

Maria will auf das strikte Handy-Verbot in diesem Krankenhaus aufmerksam machen, aber Frau Schneider kommt ihr zuvor. Das spontane Stirnrunzeln weicht einer glatten Stirn. Ihr Mund verzieht sich zu einem professionellen Lächeln.

„Herr Bartneck, eigentlich sind Handys hier drinnen ja nicht gestattet. Aber für Sie will ich einmal eine Ausnahme machen.“ Sie zwinkert ihm verschwörerisch zu.

„Schön, schön.“ Ungeduldig wartet er darauf, dass die beiden Frauen gehen. „Bringen Sie mir bitte noch ein Schmerzmittel und etwas zum Schlafen!“, fügt er hinzu.

„Selbstverständlich. Gute Nacht.“ Frau Schneider zieht Maria leicht am Arm. „Unsere Maria wird dafür sorgen, dass es Ihnen an nichts fehlt. Nicht wahr, Maria?“

Maria nickt nur.

Als er allein ist, nimmt Herr Bartneck das Gespräch an. „Ja? Nein, das ist unmöglich. Das wird nicht verschoben! Ja, bis dahin bin ich wieder auf dem Posten ... Weil ich es sage! … Das entscheide immer noch ich! … Ja, natürlich auf meine Verantwortung ... Ich will kein ‚Aber wenn'… Ja, ja, ich werde da sein ... Schließlich operiert mich der Chefarzt höchstpersönlich …“

So geht es eine Weile weiter. Blank liegt mit offenen Augen im Bett und beobachtet den Mann neben sich, der trotz seiner offensichtlichen Schmerzen immer noch genug Energie hat, um sich aufzuregen. Darauf fallen ihm langsam die Augen zu und er lässt die Außenwelt hinter sich. Ein strahlendes Weiß empfängt ihn.

Kapitel 3

Der Mann im Boot

Wieder ist da eine Stimme. Aber das ist keine vertraute Stimme, sondern eine fremde, drängende, die unglücklich klingt. Ich will diese Stimme nicht hören. Sie ist so laut.

Dann hör einfach nicht hin.

„Was?“

Dann hör einfach nicht hin.

„Du bist es. Ich bin so froh, dass du zurückgekehrt bist.“

Ich bin immer da. Du hörst nur nicht immer hin.

„Was ist mit dieser anderen Stimme, dieser unangenehmen, unglücklichen Stimme? Was hat sie mit mir zu tun?“

Das ist die Stimme deines Bettnachbarn. Aber es könnte ebenso deine eigene sein. Ich werde dich einen kurzen Blick auf sein Leben werfen lassen, weil du etwas daraus lernen kannst.

Irgendetwas fasst mich an der Hand, führt mich sanft durch eine Tür, die sich unvermittelt da auftut, wo eben nichts als weiße Weite war.

Ich trete in ein Büro. Vor mir befindet sich dieser fremde Mensch namens Bartneck, der Manager eines florierenden Konzerns, den ein äußerst schmerzhaftes Magengeschwür quält. Er sitzt hinter einem riesigen Schreibtisch, telefoniert, stopft sich dabei hastig einen Happen Sushi in den Mund, tippt etwas in seinen Laptop und ruft gleichzeitig seiner Sekretärin etwas über die Gegensprechanlage zu. Mir wird schon beim Zusehen schwindelig.

„Ich sagte nein! Wir verkaufen die Anteile erst, wenn die andere Seite ein Kaufinteresse zeigt ... Ja, wir halten die Aktien ... Nein, die Aktionäre erfahren davon erst einmal nichts ... Weil die sich in jeden Mist einmischen ... Ja, ich habe die Daten auf dem Monitor ... Ich sehe selbst, dass sie sinken ..." „Frau Sommer! ... Verdammt, wo stecken Sie denn? Ich brauche die Quartalszahlen ..."

Seine Wut ist weder zu übersehen noch zu überhören. Ich kann sie förmlich riechen. Ein saurer, penetranter Geruch. Ein Stück Thunfisch landet auf seinem Anzug. Ich fürchte, er wird gleich explodieren.

Genau das wird er auch. Aber nicht äußerlich. Seine Magenwand explodiert sozusagen stellvertretend für ihn.

„Wie das?"

Durch die ständige Übersäuerung seines Magens hat sich ein Geschwür gebildet, das ihm Schmerzen bereitet. Kein Geschwür, keine Krankheit entsteht zufällig, sondern ist ein Hinweis darauf, dass die Balance zwischen Körper, Geist und Seele aus dem Gleichgewicht geraten ist. Die meisten Menschen begreifen eine Krankheit jedoch nicht als Botschaft des Körpers, sondern als etwas Negatives, Störendes, das sie schnellstmöglich loswerden wollen. Deshalb bekämpfen sie ja auch die Symptome, anstatt sich die Ursachen anzuschauen.

Dieser Manager geht dem Ursprung seines Leidens nicht auf den Grund. Statt sein Geschwür konservativ zu behandeln, wofür er allerdings seinen Lebensstil drastisch ändern müsste, hat er sich für die Ruckzuckmethode entschieden. Er lässt das störende Teil entfernen, um so weitermachen zu können wie bisher.

„Er arbeitet sich ja schon jetzt zu Tode ..."

Darauf läuft es letzten Endes hinaus, wenn er sich nicht bald ändert.

Wieder spüre ich, wie etwas nach meiner Hand greift, und da, wo eben noch der Parkettboden des Büros war, sprießt plötzlich Gras hervor, und ich befinde mich mitten in einem atemberaubenden Bergpanorama. Hinter einem still daliegenden Bergsee erheben sich schneebedeckte Berge unter einem stahlblauen Himmel. Kein Lufthauch kräuselt die Wasseroberfläche. Auf dem See treibt ein Ruderboot, in dem ein Mann sitzt, der mir bekannt vorkommt.

Das ist der Mann aus dem Büro, dein Bettnachbar.

„Wie machst du das?"

Wie mache ich was?

„Mich plötzlich an einen anderen Ort versetzen."

Ach, mache ich das? Ich dachte, das tust du selbst …

Ich blicke zu Bartneck. Der Manager rudert wie ein Besessener. Einer seiner Arme scheint kraftloser zu sein als der andere, denn das Boot treibt nach links und kommt vom Kurs ab. Er versucht, dies zu kompensieren, indem er mit dem anderen Arm kräftiger rudert, aber nun treibt das Boot nach rechts.

Wenn die Menschen nicht merken, dass sie sich in die falsche Richtung bewegen, gibt ihnen die Natur ein Zeichen. In diesem Fall über eine Krankheit.

Mittlerweile rudert der Mann nur noch mit einem – dem stärkeren – Arm, aber dafür immer hastiger und verzweifelter. Das Boot bewegt sich im Kreis. Es scheint ihm nicht aufzufallen. Er freut sich darüber, wie schnell das Boot vorankommt. Dass er sich trotz aller Anstrengungen nur im Kreis dreht, jedoch nicht vom Fleck kommt, bemerkt er nicht.

Der Körper ist ein äußerst kostbares, präzises und zudem unbestechliches Instrument, durch das unsere Seele zu uns spricht. Wenn es dir gelingt, die Botschaften des Körpers in Form von Krankheitssymptomen zu verstehen, wirst du gesunden und dich einer höheren Lebensqualität erfreuen.

Bartneck gibt vorerst auf. Er lässt den Kopf hängen und sinkt vornüber. Wenn er nicht aufpasst, werden ihm die Ruder aus der Hand gleiten.

Die Ruder sind ihm längst entglitten. Er hat alle Signale seines Körpers ignoriert, weil ihm andere Dinge dringender schienen. Seine Krankheit will ihn wieder ins Gleichgewicht bringen.

Bartneck hat sich mittlerweile seine Kapitänsmütze tiefer ins Gesicht gezogen und seine Anstrengungen verdoppelt.

„So sieht er gewiss nicht mehr, wohin sein Weg ihn führt."

Wenn er hinschaut, muss er etwas ändern. Aber er zieht es vor, blind zu sein. Am blindesten sind nicht jene, die nicht sehen können, sondern jene, die nicht sehen wollen, heißt es.

„Wie einsam er aussieht. Und wie verzweifelt er rudert. Der Mann tut mir leid."

Und du? Tust du dir selbst leid?

Bei mir ist es anders, will ich antworten, aber meine Stimme gehorcht mir nicht. Wenn ich nur wüsste … Ja, wenn ich was wüsste? Ich öffne die Schubladen meines Verstandes, um einen vertrauten Gegenstand zu finden, der mir hilft, mich zu erinnern. Doch alle Schubladen, die ich aufziehe, sind leer.

Streng dich nicht zu sehr an. Die Erinnerung wird kommen, wenn du bereit bist, dich ihr zu stellen und ihr ins Gesicht zu blicken.

Der Ruderer scheint jetzt völlig erschöpft zu sein. Er lässt sich mit einem Seufzer ins Boot sinken.

Der Körper verfügt über alle lebensnotwendigen Programme, um das, was sich über längere Zeit im Ungleichgewicht befindet, auszugleichen. Je mehr also eine Seite vernachlässigt wird, desto mehr meldet sich die andere zu Wort. Krankheit ist der Gegenpol zum Ungleichgewicht. Das ist ein Naturprinzip.

„Ein Naturprinzip?"

Eine Erkrankung ist ein Zeichen des Körpers und somit der Natur. Es liegt bei jedem Menschen selbst, ob er das Zeichen erkennen möchte. Mitunter fällt dies nicht leicht, besonders bei einer akuten schweren Krankheit.

„Und wie mache ich das?"

Indem du ergründest, was die Krankheit bewirken will, wozu sie dich zwingt. Welches Organ, welcher Körperteil ist betroffen? Welche Aufgabe erfüllt dieses Organ, dieser Körperteil? So näherst du dich der Ursache, denn der Körper ist ein Abbild des Psychischen, wie innen, so außen. Je länger du die Ursache ignorierst, weil du „Wichtigeres" zu tun hast, desto dringlicher wird sich das Symptom melden.

„Was kann es Wichtigeres geben als die eigene Gesundheit? Wer hört nicht auf die Botschaften seines Körpers?“

Schläfst du denn immer, wenn du müde bist? Isst du, wenn du Hunger hast?

Während ich der Stimme zuhöre, von der ich nach wie vor nicht weiß, woher sie kommt und wem sie gehört, sehe ich, wie ein Fisch aus dem Wasser emporspringt. Einen Augenblick lang glitzern die Sonnenstrahlen auf seinen silbrigen Schuppen, sodass er aufleuchtet wie eine Sternschnuppe. Er dreht sich im Sprung, gleitet wie ein schwarzer Schatten ins Wasser zurück.

Alles im Leben bewegt sich zwischen einem Pluspol und einem Minuspol. Plus wird als positiv und minus als negativ angesehen, doch ohne Hell kann es kein Dunkel geben. Ohne Täler keine Berge. Ohne Tag keine Nacht. Ohne Tod kein Leben. Das ganze Leben besteht aus sich ergänzenden Gegensätzen, weil das eine ohne das andere nicht existieren kann.

Alles, was ich höre, ist neu für mich und gleichzeitig vertraut, als ob ich Vieles bereits wüsste. Wem gehört nur diese Stimme, die mir Dinge erzählt, die ich zwar weiß, aber nicht, woher?

Ich sehe selbst aus der Entfernung, dass sich die Brust von Herrn Bartneck hebt und senkt, obwohl er wie tot daliegt. Plötzlich schreckt er hoch. „Sagen Sie für heute alle Termine ab. Morgen lege ich mich unters Messer, übermorgen bin ich wieder fit“, ruft er. Verwirrt schaut er sich um. Mit einem Seufzer sinkt er zurück ins Boot.

Ich nehme die Stimme wahr, die die ganze Zeit über weiter zu mir gesprochen, ich aber nicht gehört hatte.

Lass dich nicht von äußeren Dingen ablenken. Konzentriere dich auf das Wesentliche. Richte deine Aufmerksamkeit nach innen.

Ich fokussiere mich auf die Stimme.

Die meisten Menschen wollen nur das Helle, Schöne, Angenehme, Positive. Das Dunkle, Unangenehme, Hässliche und Negative verdrängen sie. Dadurch entsteht vollkommen unnötiges Leiden. Das, vor dem man davonläuft, wird einen immer verfolgen. So ist es auch mit einer Krankheit. Hörst du nicht auf die ersten, leichten Symptome, fährt der Körper schweres Geschütz auf, um deine Aufmerksamkeit zu erregen. Die meisten Menschen glauben hingegen, es sich nicht leisten zu können, sich mit der Krankheit zu beschäftigen. Schließlich müssen sie funktionieren, perfekt sein.

Bartneck hat sich erneut aufgerichtet, ergreift das eine Ruder entschlossener, beginnt noch angestrengter zu rudern. Natürlich dreht er sich wieder nur im Kreis. Warum nur nimmt er das andere Ruder nicht? Es ist offensichtlich, dass er so nicht vorankommt. Ich möchte ihm zurufen, doch beide Arme zu benutzen, aber er wird mich ohnehin nicht hören.

Der rechte Arm symbolisiert den Verstand, der linke die Intuition. Unser Mann benutzt ausschließlich den Verstand, der ihn unbarmherzig vorantreibt; die Intuition, die Stimme seiner Seele, ignoriert er. Deshalb dreht er sich sein Leben lang im Kreis, und obwohl er äußerlich erfolgreich ist, kommt er doch nicht vom Fleck und entwickelt sich als Mensch nicht weiter.

Morgen wird ihm ein Stück seiner Magenwand herausgenommen, eine Schwachstelle seines Körpers, die ihre Funktion nicht richtig erfüllt. Tatsächlich erfüllt das betroffene Stückchen Magenwand seine Funktion hervorragend. Es ist nur eine Sicherung herausgesprungen, um ihn auf etwas hinzuweisen, das er sich unbedingt ansehen sollte.

Unversehens verschwinden der See, die Berge und der endlos weite Himmel. Ich befinde mich wieder in dem Büro. Es scheint überhaupt keine Zeit vergangen zu sein, denn noch immer sitzt Bartneck hinter seinem Schreibtisch und telefoniert, vor ihm Essensreste. Während er hektisch auf den Gesprächspartner einredet, schluckt er einige Tabletten. Als er in die Gegensprechanlage redet, höre ich die Worte, die ich bereits kenne: „Sagen Sie für heute alle Termine ab. Morgen lege ich mich unters Messer, übermorgen bin ich wieder fit."

Wie ist das möglich? Existiert denn hier keine Zeit? Wo bin ich überhaupt? Wieso kann ich mich in Gedankenschnelle von einem Ort zum anderen bewegen?

Aus der Gegensprechanlage ertönt die Stimme von Frau Sommer, der Sekretärin.

„Herr Bartneck, Ihr Zwölf-Uhr-Termin. Der Fahrer wartet bereits unten im Wagen auf Sie."

Ungehalten brummt er: „Ich komme." Er beendet das Telefongespräch und will sich ein letztes Stück Sushi in den Mund schieben. Aber ein Magenkrampf kommt dazwischen, sodass er sich zusammenkrümmt und das Gesicht vor Schmerz verzieht. Er schluckt eine Tablette, spült sie hastig mit etwas Wasser hinunter.

Stell dir vor, du fährst mit dem Auto und plötzlich leuchtet die Ölanzeige. Jeder vernünftige Autofahrer fährt die nächste Werkstatt an, um die Ursache untersuchen zu lassen. Unser Manager aber lässt die Ölanzeige ausbauen, weil ihn das ständige Leuchten stört. Sein Magen möchte ihm mitteilen, dass er gestresst ist und dringend eine Auszeit braucht. Nur wegen des Geldes und der Anerkennung durch andere Menschen, die er im Grunde verachtet, erbringt er seit vielen Jahren Höchstleistungen. Nun will die Natur einen Ausgleich schaffen, ihn zur Ruhe und zum Nachdenken zwingen. Sie möchte das Gleichgewicht zwischen Arbeit und Freizeit, zwischen Beruf und Familie wiederherstellen.

Herr Bartneck wird von einem weiteren Krampf geschüttelt. Er stöhnt.

„Wo ist denn die verdammte Schwester? Ich halte das nicht mehr aus."

Ich wende mich ihm zu. Wo eben noch der Schreibtisch stand, befindet sich jetzt ein Krankenhausbett, in dem der vollkommen erschöpfte Bartneck liegt. Statt des tadellos gebügelten Anzugs trägt er einen reichlich zerknitterten, völlig durchgeschwitzten Schlafanzug. Nachdem er von der Nachtschwester zusätzlich zu der Schlaftablette ein Schmerzmittel erhalten hatte, dreht er sich auf die Seite, starrt mir ins Gesicht, runzelt die Stirn, und noch bevor er sie wieder glätten kann, fallen ihm die Augen zu und er schläft ein.

Der Mann tut mir leid. Nicht einmal im Schlaf vermag er sich zu entspannen. Er glaubt zu wissen, wer er ist, dabei hat er nicht die geringste Ahnung. Ich weiß zwar nicht, wer ich bin, aber ich weiß wenigstens, dass ich so wie er nicht leben möchte.

Als ich mich auf den Rücken drehe, fällt mein Blick von Neuem auf das Bild. Noch immer sehe ich keinen Wanderer, noch immer steigt Nebel auf, aber er ist nicht mehr so dicht. An einzelnen Stellen reißt er auf. Langsam verändert sich das Bild, ich beginne, einen Weg zu erkennen, einen Trampelpfad, kaum sichtbar im Gras zwischen den Felsen. Ist das der Weg, der mich nach Hause führt? Wird er mich zurück zu mir führen? Werde ich mich erinnern können?

Sicher wirst du das. Lass dir einfach Zeit. Alles wird zu dir kommen, wenn du bereit bist.

Kapitel 4

Vollkommenheit statt Perfektion

Wieder greift jemand sanft nach meiner Hand, und als ich die Augen öffne, weiche ich unwillkürlich einen Schritt zurück, denn vor mir tut sich ein gewaltiger Abgrund auf. Ich stehe auf einem schmalen Grat, von wo aus ich viele Kilometer weit in alle Richtungen schauen kann. Tief unter mir liegt ein See, auf dem einige Segelboote dahingleiten. Neben mir steht der Mann in der weißen Kutte, mein Begleiter durch diese Traumlandschaft.

Denkst du, das, was du jetzt erlebst, sei ein Traum?

„Was soll es denn sonst sein?"

Nennen wir es doch einfach innere Realität.

„Innere Realität?"

Du kennst dich mit der äußeren Wirklichkeit gut aus, mit der Welt der Materie. Deine innere Welt, die Welt des Geistes, in der du als Kind gelebt hast, hast du inzwischen vergessen, weil man dir eingeredet hat, sie sei nicht wirklich. Aber die innere Realität ist ebenso real wie die äußere. Viele weise Menschen behaupten sogar, sie sei wirklicher und die Grundlage der äußeren Realität.

Die Stimme verstummt einen Augenblick. Der Mann streckt einen Arm aus und zeigt nach unten. Als ich seinem Arm mit den Blicken folge, sehe ich, noch weit entfernt, meinen Bettnachbarn Herrn Bartneck einen Wanderweg hinaufsteigen. Faszinierend, wie leichtfüßig er geht. So, als hätte er eine schwere Last abgeworfen. Doch plötzlich krümmt er sich zusammen und scheint innerhalb von Sekunden vor meinen Augen zu altern. Er kommt nur noch langsam voran, muss immer öfter anhalten, um sich ein wenig auf den Wanderstock in seiner Hand zu stützen. Er ist vollkommen außer Atem.

Selbst in seinem Traum, in seiner inneren Welt, kann er die Last seines unruhigen Verstands nicht abwerfen. Einen Augenblick lang war es ihm gelungen, nun quälen ihn die Gedanken weiter. Er mag die Botschaft der Krankheit nicht hören. Er will sie loswerden, ohne irgendetwas an seinem Leben zu ändern. Aber das ist unmöglich. Wüsste er um das Prinzip des Gleichgewichts, könnte er das Geschenk annehmen, das ihm sein Körper mit der Krankheit macht. Dann könnte er die Richtung ändern, die sein Leben genommen hat, und sich überlegen, ob er nicht in seinem Bemühen, immer perfekt zu sein, übersehen hat, dass er bereits vollkommen ist.

„Vollkommen?"

Alle Menschen sind es, nur verwechseln sie Vollkommenheit mit Perfektion.

„Aber wie können wir vollkommen sein mit all unseren Fehlern, Schwächen und offensichtlichen Mängeln?"

Fühlst du dich im Augenblick fehlerhaft? Spürst du irgendwelche Schwächen? Entdeckst du irgendwelche Mängel an dir?

„Nein, im Augenblick fühle ich mich frei. Frei und glücklich." „Ich bin frei und glücklich!", schreie ich hinaus. Noch minutenlang höre ich das Echo meiner Stimme: glücklich, glücklich, glücklich …

Der Mann schaut mich lächelnd an. Er sieht ebenfalls frei und glücklich aus.

Ihr verwechselt Anerkennung mit Erfolg. Erfolgreich zu sein, heißt, das zu erreichen, was man sich vorgenommen hat. Glücklich zu sein, bedeutet, das anzunehmen, was man hat. Ob du dich erfolgreich fühlst oder nicht, hat nichts mit äußeren Dingen, nichts mit Anerkennung durch andere Menschen zu tun. Was wünschst du dir mehr als alles andere?

Ich brauche nicht lange zu überlegen. „Ich möchte glücklich sein und geliebt werden."

Jeder Mensch möchte glücklich sein, kein Mensch möchte leiden. Und jeder Mensch braucht und sehnt sich nach Liebe. Da er sie stets bei anderen sucht, hungert er nach Anerkennung. Aber Liebe ist immer da. Liebe ist. Nur spürt ihr sie meistens nicht. Kannst du sie jetzt spüren? Er legt eine seiner Hände dort auf meine Brust, wo mein Herz aufgeregt pocht.

Ja, ich spüre es. In mir ist Liebe, überall um mich herum ist Liebe. „Ich spüre es tatsächlich. Liebe ist überall." Liegt es an der Höhenluft oder an der Gegenwart meines Begleiters, dass ich die Liebe plötzlich so stark spüren kann? Ich bin wie berauscht und doch gleichzeitig vollkommen klar.

Auch Bartneck scheint die Allgegenwart der Liebe zu spüren, denn er richtet sich auf, schaut sich suchend um und streckt sich. Ich nehme ein Lächeln aus der Entfernung wahr. Mit frischem Mut begibt er sich an den steilen Anstieg, der ihn vorbei an einem Bach und grünen Wiesen zum Gipfel führen wird. Ich höre, wie er beim Gehen ein Lied von *Nena* summt: „Liebe will nicht, Liebe kämpft nicht, Liebe wird nicht, Liebe ist."

Ist es nicht wundervoll, mit anzusehen, wie die Liebe einen Menschen verändert? Eben noch am Boden geht er nun mit neuem Mut voran. Das macht die Allgegenwart der Liebe. Die Menschen verwechseln Liebe aber meistens mit Wertschätzung. Die ist allerdings immer an Bedingungen geknüpft, Liebe hingegen ist einfach. Man muss sie nur wahrnehmen.

Mein Blick schweift über die wunderschöne Landschaft, die von innen heraus zu strahlen scheint.

Das ist nicht nur die Landschaft, das bist vor allem du. Du strahlst, weil du die Liebe in dir und um dich herum spürst. Und obwohl sie immer in euch ist, sehnt ihr euch nach Liebe und sucht sie außerhalb. Dabei müsst ihr nichts tun, um geliebt zu werden. Ihr erkennt eure eigene Vollkommenheit nicht. Immer habt ihr etwas an euch auszusetzen und glaubt, nicht liebenswert zu sein.

Das kommt mir so bekannt vor. War auch ich so? Bin auch ich so? Aber warum sollte ich etwas an mir auszusetzen haben? Eine Erinnerung taucht auf: Ich vergleiche mich mit anderen und schneide nicht gut ab. Offensichtlich bin auch ich einer von denen, die glauben, nie gut genug zu sein, die sich immer etwas beweisen müssen. Verschwommen sehe ich ein Bild von einem Mann im Anzug. Er schreit … Er hebt die Hand … Das Bild verblasst.

Lass es los. Die Erinnerung wird kommen, wenn du bereit bist. Lass dich nicht ablenken. Jeder Mensch ist ein einzigartiges Wesen, ein unverzichtbarer Teil des Ganzen. Wäre nur ein einziger Mensch nicht an seinem Platz, dann wäre die Welt nicht vollkommen.

Noch weit unter mir horcht mein Bettnachbar auf. Er scheint nach etwas zu suchen.

Auch Herr Bartneck kann sich nicht annehmen, wie er ist. Ständig sucht er die Anerkennung anderer Menschen; ständig versucht er sich zu beweisen, dass er besser ist als andere. Dabei ist niemand besser, denn jeder ist anders. Wer ausschließlich in der Außenwelt nach Anerkennung sucht, verliert die Innenwelt aus den Augen. Aber nur hier entscheidet es sich, ob man glücklich ist oder nicht. Die äußeren Umstände mögen das Leben angenehmer gestalten, glücklich machen sie nicht.

In diesem Augenblick bin ich glücklich. Ich habe das Gefühl, im Einklang mit mir selbst und allem zu sein. Nichts kann diesem Zustand hinzugefügt oder von ihm genommen werden. Ist das Leben ein Spiel? Kann es denn so einfach sein?

Das Leben ist tatsächlich ein Spiel, doch die meisten Menschen spielen es, ohne die Regeln zu kennen. Es gibt sieben Prinzipien, auf denen das komplette Leben aufgebaut ist. Das Prinzip des Gleichgewichts habe ich dir schon erklärt. Das Prinzip der Polarität besagt, dass alles zwei Seiten hat, die im Gleichgewicht sein müssen. Aber damit sie im Gleichgewicht sein können, muss man bereit sein, sich beide Seiten anzuschauen. Nicht nur das Helle, auch das Dunkle. Man kann nicht nur arbeiten, man muss sich auch erholen und Ruhe gönnen. Wenn unser Manager das nicht schnell lernt, wird er in einem Jahr wieder im Krankenhaus sein. Aber dieses Mal mit etwas Schlimmerem als einem im Grunde harmlosen, wenngleich sehr schmerzhaften Magengeschwür. Einen Bandscheibenvorfall hatte er bereits, nun das Geschwür. Als Nächstes kommt vielleicht ein Krebsgeschwür. So wie dich deine fehlende Erinnerung …

Abrupt werde ich durch ein schrilles, unangenehmes Geräusch aus der Berglandschaft und aus dem Zustand des Glücks gerissen.

Kapitel 5

Ein Traum namens Realität

Das schrille, unangenehme Geräusch entpuppt sich als das Klingeln des Mobiltelefons des Managers, der ebenso hochschreckt wie Blank. Kerzengerade sitzt er im Bett und sucht nach dem Telefon. Bevor er das Gespräch annehmen kann, legt der Anrufer auf. Er kann jedoch nicht zurückrufen, da der Akku leer ist. „Ja, hat sich denn alles gegen mich verschworen? Eben noch sah ich mich im Traum in den Bergen, nun hat mich diese verdammte Realität wieder."

Blank starrt ihn verwundert an. Wie ist es möglich, dass sie den Traum geteilt haben?

Ihr teilt alle denselben Traum, nur nennt ihr ihn Realität. Und in der inneren Welt ist alles möglich. Begrenzungen erschafft ihr euch selbst.

Blank richtet sich vorsichtig auf, schwingt die Beine aus dem Bett und will die Hand von Herrn Bartneck fassen. Dieser zieht sie zurück, als ob Blank eine ansteckende Krankheit hätte. In Blank breitet sich der Virus der Selbsterkenntnis aus. Herr Bartneck ist bereits damit infiziert, auch wenn er das jetzt noch nicht wissen kann. „Hast du geträumt?"

Bartneck stört die vertraute Form der Anrede, doch er versucht, es nicht zu zeigen. Bei genauerem Hinsehen sieht man allerdings, dass sich die Falte zwischen seinen Augenbrauen vertieft und dass er den Mund noch etwas mehr zusammenkneift. Auch der Ton seiner Stimme ist eine Spur zu scharf. „Ja, das mache ich meistens, wenn ich schlafe. Sie nicht?"

„Oh doch, aber nicht diese Art von Träumen. Waren das nicht herrliche Berge?"

Bartneck ist verblüfft. „Woher wissen Sie, wovon ich geträumt habe?"

Blank geht nicht auf die Frage ein. „Der Anstieg ist steil, aber der Blick ist jede Mühe wert", sagt er mehr zu sich selbst. Zu seinem Nachbarn gewandt, fügt er hinzu: „Auch wenn man manchmal glaubt, nicht mehr weiter zu können, oder?"

„Jetzt werden Sie mir aber langsam unheimlich."

„Einfach nur schön."

Herr Bartneck schüttelt den Kopf über diesen seltsamen Menschen, der das Zimmer mit ihm teilt. Unrasiert, die Haare wirr abstehend, der Schlafanzug zerknittert: kein besonders vertrauenerweckender Anblick. Dazu die unheimlichen Dinge, die dieser Kranke von sich gibt.

„Schön? Sicher, aber eben nur ein Traum", sagt Bartneck bestimmt.

„Schönes Gefühl?"

„Ja, das Gefühl war meistens schön. Nur wenn ich ans Büro gedacht habe …"

„Nicht schön? Kein schönes Gefühl?"

„Überhaupt nicht."

„Was für ein Gefühl war es denn?"

„Na ja, eben nicht gut."

„Nicht gut? Das ist kein Gefühl." Blank legt eine Hand auf die Brust des Managers, der noch versucht, sich wegzudrehen. „Das Gefühl ist hier drinnen, nicht im Kopf." Blank betrachtet das Bild an der Wand. „In den Bergen … Wie war das Gefühl dort?"

„Gut."

„Gut ist kein Gefühl!"

Herr Bartneck stöhnt und schaut sich verstohlen nach dem Alarmknopf um. Der Mensch macht ihn noch wahnsinnig mit seinem „kein Gefühl". Nach einigem Zögern antwortet er: „Ich war dort glücklich."

„Glücklich", wiederholt Blank.

„Machen Sie nicht eine solche Sache daraus. Es war ja nur ein Traum, nicht die Wirklichkeit. Realität ist, dass ich hier im Bett liege, mein Akku leer ist, dass ich in jeder Minute dieser äußerst geistreichen Unterhaltung eine Menge Geld verliere und unter furchtbaren Magenschmerzen leide. Und wenn ich Ihnen noch lange zuhören muss, bekomme ich obendrein Kopfschmerzen. Also tun Sie mir einen Gefallen und halten Sie den Mund."

Blank ignoriert seine Bitte. Er deutet auf das Bild und fragt: „Ist das Realität?"

„Nein, das ist keine Realität, das ist ein Bild."

„Was siehst du?"

„Einen Mann in den Bergen, der in den Nebel schaut. Was sehen Sie denn?"

Blank ignoriert die Frage. „Ist der Mann glücklich?"

Herr Bartneck stöhnt auf und wird zunehmend unruhiger. Endlich hat er den Alarmknopf gefunden. Während er Blank anschaut, drückt er ihn unauffällig und hofft, dass ihn eine Schwester bald erlöst.

„Woher soll ich das wissen? Er dreht mir ja den Rücken zu. Und außerdem ist es ein Bild. Wie kann ein gemalter Mensch glücklich sein?"

Blank denkt einen Moment lang über diesen Einwand nach. Dann wechselt er das Thema. „Bist du denn glücklich?"

„Wie sollte ich das sein? Machen Sie doch die Augen auf. Was sehen Sie denn?"

„Ich sehe einen Mann im Bett liegen, der aufgeregt und wütend ist."

„Also, wenn es so offensichtlich ist, warum stellen Sie mir dann all diese Fragen? Mir wird morgen ein Stück aus der Magenwand entfernt. Ich habe Schmerzen. Das wirft mich um Wochen zurück. Mir entgeht eine Menge Geld. Letztes Jahr hatte ich es im Rücken, jetzt ist es der Magen. Nein, ich bin alles andere als glücklich!"

Herr Bartneck ist mittlerweile so erregt, dass er sich ungeachtet der Schmerzen aufrichtet. Erneut drückt er den Knopf.

Blank streicht sich mit der Hand über den Rücken. „Rücken?"

„Ja, ich hatte einen Bandscheibenvorfall und konnte eine Zeit lang nicht gehen, ohne zu humpeln."

„Zu viel aufgeladen."

Die lakonische Ausdrucksweise seines Bettnachbarn verbunden mit dessen stets erstaunter Miene versetzt Herrn Bartneck immer mehr in Rage. Erregt erwidert er: „Ich trage die Verantwortung für einige Hundert Angestellte, die von mir abhängig sind. Glauben Sie denn, die Arbeit tut sich von allein? Ich muss schwerwiegende Entscheidungen treffen. Ich kann mir keine Schwäche leisten."

„Zu hoher Leistungsdruck. Dein Körper sagt: Pause."

„Das ist allerdings leichter gesagt als getan, wenn man sich eine so große Verantwortung aufgeladen hat."

„Eben: zu viel aufgeladen." Blank denkt nach, er scheint auf etwas zu lauschen. „Such das glückliche Gefühl aus dem Traum."

„Das war nur ein Traum! Und Träume sind bekanntermaßen Schäume!"

„Sind sie das? Hattest du im Traum Schmerzen? Hat dir der Rücken wehgetan oder der Magen? Hör auf den Traum. Er will dir etwas sagen. Wenn du nicht hinhörst, wird die dritte Botschaft vielleicht anders lauten."

„Und wie lautet die Ihrer Meinung nach, Herr Professor?"

„Die Krankheit sagt, du sollst innehalten, dein Leben überdenken. Aber wenn du trotz roter Ampel weiterfährst, könnte die dritte Botschaft zum Beispiel Magenkrebs lauten." *Woher weiß ich das alles?*, fragt sich Blank erstaunt.

Keiner von beiden hat bemerkt, dass Schwester Maria hereingekommen ist. Blank, weil er den Kontakt zur äußeren Welt noch nicht völlig wiederhergestellt hat, und Bartneck, weil er so in Rage ist, dass er außer dem Objekt seiner Wut nichts anderes wahrnehmen kann. Erst, als Maria sich räuspert, nimmt er sie zur Kenntnis.

„Herr Blank, Sie können ja sprechen!"

Bartneck reagiert empört: „Und wie er sprechen kann, wie ein Wasserfall redet er auf mich ein. Ich will hier raus. Ich bin Privatpatient und verlange ein Einzelzimmer. Dieser Mann ist ein Irrer, der in meine Träume eingedrungen ist." Erschrocken wird ihm klar, dass auch er sich recht verrückt anhört. „Also, ich meine, er hält mir pausenlos Vorträge. Ich will meine Ruhe, ich brauche Ruhe ..." Dann fügt er hinzu: „Und ich erwarte, dass Sie nächstes Mal schneller kommen."

„Er spricht im Schlaf."

„Was? Wer spricht im Schlaf?", fragt Schwester Maria erstaunt.

„Er spricht im Schlaf", wiederholt Blank verlegen.

Maria kann sich das Lachen kaum verkneifen. Blank ist ein komischer Kauz und auch anstrengend, das stimmt, aber auf jeden Fall ist er sehr unterhaltsam und eine willkommene Abwechslung. Zu Herrn Bartneck gewandt, sagt sie: „Ich bin so rasch gekommen, wie ich konnte. Es gibt nämlich noch andere Patienten auf der Station, die meine Hilfe benötigen. Aber ich habe eine gute Nachricht für Sie. Soeben ist ein Einzelzimmer frei geworden. Ich bringe Sie jetzt dorthin."

Sie löst die Bremsen des Bettes, versucht, es durch die Tür zu bugsieren. Blank eilt herbei, um ihr zu helfen, und berührt dabei leicht Marias Hand. Ein wohliger Schauer durchläuft sie. Sie lächelt Blank an.

Der scheint das allerdings nicht mitbekommen zu haben, denn er schaut wieder auf das Bild. Noch immer sieht er keinen Wanderer, aber er wird gewahr, dass der Pfad, der eben noch kaum sichtbar war, sich in einen Wanderweg verwandelt hat. „Wie gern liefe ich hinaus und ließe alles hinter mir. Warum kann ich mich nicht erinnern?"

Weil du noch nicht so weit bist.

Da bist du ja. Ich dachte schon, du seist verschwunden.

„Wieso glauben Sie, ich sei verschwunden? Und seit wann duzen wir uns?" Frau Schneider ist unbemerkt hinter Blank getreten. „Wie ich mich soeben selbst überzeugen konnte, sprechen Sie wieder. Das ist schön." Sie fährt sich über das streng gescheitelte Haar. „Es freut mich, dass es Ihnen besser geht."

Blank deutet auf den Platz, an dem eben noch das andere Bett stand.

„Dem Mann geht es nicht gut."

„Deshalb kümmern wir uns ja auch um ihn. Aus diesem Grund wird er gleich morgen früh operiert."

„Aber so lernt er ja nie, warum er erkrankt ist."

„Das ändert nichts, wir müssen ihn auf jeden Fall operieren." Die Ärztin ahnt, dass sich ein Niesen anbahnt.

„Gesundheit."

„Ich habe doch noch gar nicht …!" Sie niest.

„Eben, Gesundheit." Blank fügt hinzu: „Doch! Das ändert alles."

Nun beginnt auch Frau Schneider, an Blank zu verzweifeln. „Herrgott noch einmal! Glauben Sie denn, Sie wüssten alles besser als ich, eine hervorragend ausgebildete Ärztin, die in den USA studiert hat? Sie … Sie wissen ja nicht einmal, wer Sie sind."

Da hat sie recht, pflichtet ihr Blank in Gedanken bei.

Sie weiß auch nicht, wer sie ist, meldet sich plötzlich seine innere Stimme. *Sie glaubt es nur, weil sie sich mit Äußerlichkeiten identifiziert. Aber das Wesen eines Menschen lässt sich nicht mit Merkmalen wie Name, Beruf, Alter, Ausbildung oder Gehaltsstufe erklären.*

Frau Schneider niest zum zweiten Mal. Sie putzt sich die Nase. „Jetzt geht das wieder los. Jedes Jahr dieselbe Geschichte. Kaum blühen die Bäume, erwischt es mich voll", seufzt sie.

Blank fragt in aller Unschuld: „Was erwischt dich?"

„Na, die Killerpollen, die erwischen mich. Heuschnupfen." Sie sucht in ihrer Kitteltasche. „Ich muss doch irgendwo noch ein Antihistaminikum haben." Nach erfolgloser Suche eilt sie aus dem Zimmer. Im Hinausgehen dreht sie sich um. „Ich bin gleich zurück. Und nicht weggehen!", sagt sie lachend.

„Weggehen? Wohin denn?"

„Das war ein Witz! Verstehen Sie? Ein Witz." Dann ist sie fort.

„Ein Witz … Ihre Augen haben nicht gelacht." Blank starrt auf den leeren Platz und fragt: „Wieso kann der Mann nicht sehen, was ihm die

Krankheit zeigt? Ich kann es sehen. Andererseits sehe ich den Mann im Bild nicht. Das kann er wiederum."

In seinem Innern ertönt die Stimme: *Geh zum Fenster und schau hinaus. Was erblickst du?*

„Bäume, Wolken, eine Straße, Autos."

Was siehst du in der Luft?

„Da fliegt etwas. Etwa die Killerpollen? Da schweben Tausende, wenn nicht Millionen."

Alle diese Pollen, die dort schweben, sind nichts weiter als die Samen von Pflanzen, die sich verbreiten. Reagiert ein Mensch darauf allergisch, gibt er den von Natur aus harmlosen Pollen die Schuld. Frau Schneider unterdrückt etwas in ihrem Leben, deshalb können die Blütenpollen eine Reaktion auslösen. Ihr Körper begegnet dem scheinbaren Angriff von außen mit Abwehr. Indem sich Frau Schneider dagegen wehrt, bekämpft sie unbewusst einen Teil ihres eigenen Lebens.

Blank schaut dem Tanz der glitzernden Pollen fasziniert zu. Diese Schwerelosigkeit ... Auf dem Parkplatz sieht er Frau Schneider zu ihrem Auto eilen. Sie durchsucht das Handschuhfach nach einem Spray, das ihr Linderung verschaffen soll.

„Wogegen sie wohl ankämpft?"

Frau Schneider kämpft gegen etwas an, vor dem sie sich ängstigt. Vielleicht unterdrückt sie Aggressionen oder hat Schuldgefühle. Bei allen Betroffenen geht es um einen Bereich des Lebens, mit dem sie nicht in Kontakt kommen möchten, vor dem sie sich schützen wollen, weil er ihnen Angst macht. Diese Schutzreaktion zeigt sich als Allergie.

Die Oberärztin hat das Spray gefunden, sich eine Dosis in die Nase gesprüht und ist auf dem Weg zurück ins Krankenhaus.

Frau Schneider müsste lernen, auf ihre innere Stimme zu hören, um zu begreifen, mit welchen Teilen in ihr sie nicht in Kontakt kommen möchte. Die Allergene könnten ihr irgendwann nichts mehr anhaben.

„Ich glaube, sie ist unglücklich."

Blank wird durch Frau Schneiders Rückkehr unterbrochen.

„Wer ist unglücklich? Und mit wem reden Sie überhaupt?" Suchend sieht sie sich im Zimmer um.

„Mit meiner inneren Stimme."

„Aha, mit Ihrer inneren Stimme. Nun wird mir einiges klar." Sie verdreht die Augen. „Na, dann fragen Sie sie doch einmal, wer Sie sind."

„Das versuche ich ja herauszufinden, aber die Antwort lautet immer: Lass dir Zeit." Blank denkt einen Moment über die letzten Worte seiner inneren Stimme nach. „Ich weiß, was die Allergie dir vermitteln will."

„Na, da bin ich aber wirklich gespannt."

„Sie ist eine Botschaft des Lebens, eine Aufforderung. Du sollst dich dem Leben und seinen Herausforderungen öffnen und Ja zu den Problemen sagen, die dich beschäftigen."

„Ich staune. Haben Sie einen Fernlehrgang in Psychologie für jedermann absolviert? Poetisch gesprochen. Wissenschaftlich betrachtet ist es leider kompletter Unsinn."

„Die Wissenschaft erklärt nur die chemische Reaktion, nicht die wahren Hintergründe."

„Und was sind die wahren Hintergründe Ihrer Meinung nach?"

Geh behutsam vor. Du musst nicht alles sagen, was du denkst. Versuch es ihr so zu erklären, dass sie es annehmen kann.

„Weshalb reagieren manche Menschen allergisch, andere dagegen nicht? Die Pollen sind dieselben, aber warum glaubt dein Körper, sie seien schädlich, während meiner sie für unschädlich hält? Pollen sind Samen, kein Gift, vor dem man sich hüten müsste. Deine Einstellung zum Leben löst eine Reaktion aus, nicht die Pollen selbst. Der Ursprung liegt im Unbewussten, und die Auswirkungen werden über den Körper sichtbar."

Blank hält verwirrt inne. *Woher weiß ich das alles*, denkt er wieder, *woher nur?*

Auch Frau Schneider ist konfus. „Plötzlich reden Sie ja wie ein Wasserfall. Wo kommen denn all diese Theorien her? Sind Sie vielleicht Arzt? Oder Philosoph?“

„Ich weiß es nicht. Ich weiß nicht, wer ich bin.“

„Nehmen wir einmal an, Sie hätten recht. Wovor fürchte ich mich Ihrer Meinung nach? Was will ich nicht in mein Leben lassen?“

Leise antwortet Blank: „Vielleicht hast du Angst vor deiner Kraft als Frau?“

Diese Wendung hatte die Ärztin nicht erwartet.

„Geht das jetzt nicht ein bisschen weit?“

Blank lässt sich nicht beirren und hakt nach. Er spürt, dass er auf der richtigen Spur ist. „Hast du Kinder?“

„Nein.“

„Wünschst du dir welche?“

„Wenn ich hier mithalten will, kann ich mir keinen Nachwuchs leisten. Glauben Sie denn im Ernst, ich könnte hier eine bequeme Teilzeitstelle als Oberärztin annehmen und mich noch um Kinder kümmern? Ich würde ruckzuck von einem Kollegen ersetzt werden, der sich mit solchen Problemen nicht herumschlagen muss.“

„Kinder sind Probleme?“

„Nein, natürlich nicht. Aber …“ Ihre Stimme versagt.

Blank sieht sie mitfühlend an.

Frau Schneider schweigt, aber man sieht, dass etwas in ihr berührt wurde.

„Verstehst du jetzt?“

„Ich muss demnach niesen, wenn Pollen in meine Nase eindringen, weil ich meinen Kinderwunsch nicht in Form von ungezügeltem, hemmungslosem Sex auslebe? Wollen Sie mir das sagen? Meine Allergie verschwindet also, wenn die Kinder kommen?“

„Auch das Ungehemmte, das Wilde, Unzähmbare ist doch ein Teil von uns. Willst du es nicht einmal entdecken? Gibt es Aggressionen, die du annehmen solltest?“

„Machen Sie Witze? Erst hemmungsloser Sex und nun noch Aggressionen ausleben? Was sind Sie? Ein Esoteriker? Einer dieser durchgeknallten Tantra-Gurus? So langsam bekomme ich das Gefühl, das hier wird mehr und mehr zu einer Selbsterfahrungsgruppe." Frau Schneider verlässt das Zimmer mit einem Türknallen. Draußen auf dem Flur kommen ihr plötzlich die Tränen. Sie wischt sie entschieden fort und schaut sich um, ob sie beobachtet wird. Sie will sich keine Blöße geben. Entschlossen marschiert sie Richtung Ärztezimmer. In Gedanken versunken, übersieht sie einen Mann im Rollstuhl, der unvermittelt von links ihren Weg kreuzt, und stößt sich das Schienbein. „Können Sie denn nicht aufpassen?", schnauzt sie ihn an. „Na ja, ist ja nichts passiert, oder?", fügt sie freundlich hinzu.

Blank bleibt im Zimmer zurück und schaut aus dem Fenster.

„Schön …"

Du solltest nicht jedem sagen, was du wahrnimmst.

„Aber ich wollte doch nur helfen."

Du hilfst niemandem, indem du ihn überforderst.

„Aber …"

Sie muss die Erfahrung selbst machen. Du kannst auf die Tür zeigen und sie öffnen – hindurchgehen muss allerdings jeder selbst, wenn der richtige Zeitpunkt gekommen ist. Auch das ist Teil von Ausgewogenheit und Gleichgewicht.

Blank denkt eine Weile darüber nach, dann geht er zum Bild, nimmt es vorsichtig von der Wand und setzt sich damit aufs Bett. *Die Menschen sind ein Spiegel für dich. Das ist das dritte Prinzip, das Spiegelprinzip. Du kannst in anderen leichter Dinge sehen, für die du bei dir selbst blind bist. Wenn dich etwas an einem anderen Menschen stört, frage dich immer zuerst, was es mit dir zu tun haben könnte. Einen anderen Menschen kannst du nicht ändern, der einzige Mensch, den du ändern kannst, bist du selbst.*

„Aber wer bin ich? Ich muss herausfinden, wer ich bin. Ich suche mir jetzt einen Spiegel, damit ich mich besser sehen kann." Noch einmal schaut er auf das Bild und denkt: *Ich will den Mann entdecken, den alle anderen sehen. Dann weiß ich, wer ich bin.* Am Bettende hängt seine Krankenakte. Blank studiert sie, aber die vielen Worte ergeben für ihn keinen Sinn. Er nimmt einen Stift und schreibt ungelenk etwas an die Wand, an der eben noch das Bild hing. Er lächelt zufrieden. „Ich glaube, ich bin auf dem richtigen Weg", sagt er zu sich selbst, öffnet den Schrank, zieht seine eigene Kleidung an. Sie ist ihm vertraut, aber jetzt auch etwas fremd – so, als ob sie jemandem gehörte, den er vor langer Zeit einmal gekannt hatte. *Nein, der ich vor langer Zeit einmal war*, korrigiert er sich im Stillen.

Als er gewohnheitsmäßig die Krawatte umbinden will, stutzt er, schaut sie einen Moment lang prüfend an und bricht in schallendes Lachen aus. Die braucht er nicht mehr. Auch die Uhr braucht er nicht. Dafür offenbart sich ihm, dass ihm etwas anderes fehlt, das bedeutsamer ist als Krawatte und Uhr: das Bild. Das Bild ist der Schlüssel, um die Tür zu sich selbst zu öffnen. Er klemmt es sich unter den Arm. Leise öffnet Blank die Tür und schaut in den leeren Gang hinaus. Er strafft die Schultern, um möglichst seriös zu erscheinen, setzt ein Alltagsgesicht auf und geht festen Schrittes den Flur entlang – der Freiheit entgegen.

„Freiheit? Was für ein schönes Wort. Frei sein, ja, das will ich. Aber erst muss ich wissen, wer ich bin, bevor ich frei bin."

Kapitel 6

Auf eigenen Wunsch entlassen

Zum Glück ist der Feierabendverkehr vorbei, die Staus haben sich aufgelöst. Maria reflektiert den Tag, denkt an den Mann ohne Erinnerung, dann an den Manager. Der eine freundlich, attraktiv, verwirrt, der andere garstig, unansehnlich und selbstsicher. Maria summt während der Fahrt nach Hause vor sich hin. Sie genießt den Feierabend, wenngleich sie im Anschluss an den Arbeitstag die nächste tägliche Herausforderung erwartet.

Sie erzieht ihren Sohn alleine, was nicht immer einfach ist. Besonders nicht in diesem Alter, denn Leon wird demnächst zehn. Immer mehr wird ihr klar, dass er eine männliche Bezugsperson braucht, dass ihm väterliche Energien fehlen als Gegenpol.

Zu Hause angekommen parkt sie den Wagen ein und bemerkt beim Aussteigen eine Bewegung auf dem Rücksitz. Unter der Wolldecke regt sich etwas. Maria stockt das Herz, als sich eine Hand nach ihr ausstreckt. Schneller, als sie es je für möglich gehalten hätte, springt Maria aus dem Auto auf die Straße und wird dabei fast von einem anderen Wagen angefahren.

„Keine Augen im Kopf, oder was?!“, brüllt sie der genervte Fahrer an. Maria will den Mittelfinger zeigen, lässt es jedoch und atmet stattdessen tief durch. Was sie jetzt aber sieht, verschlägt ihr den Atem - aus dem Auto steigt Blank.

„Herr Blank, was machen Sie denn hier? Wie sind Sie hierher gekommen? Wieso sind Sie nicht im Krankenhaus?“

Blank setzt ein erstauntes Gesicht auf. „So viele Fragen auf einmal. Begrüßt man sich nicht zuerst, wenn man sich wieder trifft?“

„Bitte, Herr Blank, lassen Sie doch die Spielchen. Ich bin hundemüde und nicht zum Scherzen aufgelegt.“

Blank legt die Stirn in Falten. „Ich bin auch nicht zum Scherzen aufgelegt. Ich suche den Wanderer.“

„Den Wanderer?“, wiederholt Maria verständnislos.

„Ich sehe ihn nicht“, erklärt Blank, greift durch die immer noch offene Fahrertür ins Autoinnere und holt das Bild heraus.

Maria schlägt erschrocken die Hand vor den Mund. „Haben Sie das gestohlen?“ Sie verzweifelt fast an dem Mann, der ihr so sympathisch ist, aber vollkommen irre zu sein scheint. „Herr Blank, bitte verstehen Sie doch, hier finden Sie den Wanderer nicht. Sie müssen ins Krankenhaus zurück. Nur dort kann man Ihnen helfen.“

„Helfen? Ich glaube nicht. Ich kann mir nur selbst helfen. Ich muss herausfinden, wer ich bin und wo der Wanderer ist.“

„Aber doch nicht hier bei mir.“

„Nicht? Ich dachte, du könntest mir helfen. Bei dir spüre ich Herz, bei den anderen hingegen nicht.“

Viele Patienten sagen das zu Maria und es tut ihr gut, das zu hören, denn in der Hektik des Alltags und im Vergleich mit den meisten Ärzten vergisst sie selbst nur zu oft, worin ihre eigentliche Stärke liegt. Sie folgt nämlich ihrem Herzen mehr als ihrem Verstand. Für sie steht der Mensch im Mittelpunkt, nicht der Patient, nicht der Fall. Das führt im Krankenhausalltag leicht zu Spannungen mit den Ärzten und manchen Schwestern, weil sie dadurch etwas langsamer ist. Sie nimmt sich immer die Zeit, die Hand eines Sterbenden zu halten, wenn keine Angehörigen da sind, oder sich die Ängste der Menschen am Abend vor der Operation anzuhören. Sie zwingt sich, dieses Mal nicht ihrem Herzen zu folgen, sondern das zu tun, was von ihr erwartet wird. Das Letzte, was sie jetzt braucht, ist der Verlust der Arbeitsstelle.

„Herr Blank, Sie müssen zurück in die Reha, bitte. Ich bekomme einen Riesenärger. Die denken doch, ich habe Sie herausgeschmuggelt."

„Reha?"

„In die Rehabilitationsabteilung, die kennen sich mit so etwas aus."

„Die helfen mir? Die kennen sich mit so etwas aus?"

Maria spürt, wie absurd das klingt. Wie sollen die überarbeiteten Ärzte und das vollkommen überlastete Pflegepersonal ihm helfen können? Aber was wäre eine Alternative? Dass sie selbst ihm hilft in ihrer Freizeit? Soll sie ihn am Ende bei sich aufnehmen? Was, wenn er wirklich ein Irrer ist? Kann doch sein, dass er jemanden umgebracht und deswegen das Gedächtnis verloren hat. Im Fernsehen sieht man so etwas immer wieder. Sie behält ihre Gedanken für sich und antwortet stattdessen: „Das ist gut möglich. Die haben viel Erfahrung."

„Aber sicher ist es nicht, oder?"

„Die Fachärzte können Ihnen noch am ehesten helfen."

„Aber die kenne ich nicht. Dich kenne ich. Dir vertraue ich."

„Bitte, Herr Blank, das geht nicht. Ich wünschte, es wäre so einfach. Ich muss Sie zurückbringen. Bitte steigen Sie ein."

Sie steigt ins Auto und öffnet die Beifahrertür, damit Blank einsteigen kann.

„Herr Blank?"

Aber von Blank ist keine Spur zu sehen. Nur eine Amsel singt über ihr im Baum.

Mittlerweile ist im Krankenhaus entdeckt worden, dass Blank verschwunden ist. Als Frau Oberärztin Schneider das Zimmer betritt, findet sie ein leeres Bett sowie eine leere Wand vor.

Leer? Nicht ganz, denn dort, wo das Bild hing, steht in Blockbuchstaben geschrieben: WAS DU SUCHST, DAS WIRD DICH FINDEN. Frau Schneider lacht und schaut sich um, ob jemand sie gehört haben könnte. Im Stationszimmer fragt sie nach.

„Schauen Sie bitte einmal nach, ob der Patient von Zimmer drei schon abgeholt worden ist."

„Der Manager?"

„Nein, der andere, der Koma-Patient."

„Nein, der sollte eigentlich in seinem Zimmer sein."

Frau Schneider muss gegen ihren Willen lächeln. „Schreiben Sie bitte in die Akte: Patient wurde auf eigenen Wunsch entlassen und darauf hingewiesen, dass das Krankenhaus für etwaige Folgeschäden nicht haftbar gemacht werden kann."

Beim Hinausgehen dreht sie sich noch einmal um. „Und besorgen Sie ein neues Bild für das Zimmer, das alte ist heruntergefallen und kaputt gegangen. Irgendetwas Nettes, nichts Deprimierendes. Vielleicht etwas mit Sonne, Meer und Palmen. Meinen Sie, Sie bekommen das hin?"

Damit ist sie weg. Zurück bleibt eine genervte Stationsschwester. „Sonne, Meer und Palmen, das hört sich wundervoll an. Sollte es jemals eine Gehaltserhöhung geben, fliege ich sofort hin." Leise fügt sie hinzu: „Und dann könnt ihr mir alle gestohlen bleiben."

Kapitel 7

Der Maler und sein Wert

Als Blank aufwacht, weiß er einen Moment lang nicht, wo er ist, aber ein kurzer Blick auf die Bäume, die ihn umgeben, die Steifheit in seinen Gliedern und der schmerzende Rücken erinnern ihn daran, dass er die Nacht auf einer Parkbank verbracht hat. Das Bild hält er eng umklammert vor der Brust, denn schließlich ist es der Schlüssel, der ihm helfen soll, herauszufinden, wer er ist. Blank streckt sich, schüttelt die Beine aus, läuft zu einem Brunnen, zieht Jacke und Hemd aus, wäscht sich das Gesicht und die Achselhöhlen. Die nassen Haare kämmt er mit den Fingern. Eine Stimme spricht ihn an. „Hunger? Ich habe hier noch ein Brötchen mit Käse, das von gestern übrig geblieben ist. Das können Sie essen, wenn Sie mögen. Ich drehe morgens beim Joggen immer meine Runde durch den Park und verteile die Brötchen vom Vortag."

Blank sieht den Fremden, der offensichtlich in einer Bäckerei arbeitet, erstaunt an, dann greift er hungrig nach dem angebotenen Brötchen und verschlingt es innerhalb einer Minute.

„Mann, sind Sie hungrig. Also hier ist noch ein zweites, ich sehe momentan keine anderen Obdachlosen, die Hunger leiden."

Blank denkt nach, greift nach dem Brötchen. „Ich bin nicht obdachlos. Ich weiß nur nicht, wer ich bin. Kennen Sie mich zufällig?"

Der Mann schaut ihn verblüfft an, weicht einen Schritt zurück und verabschiedet sich hastig. „Also, ich muss weiter meine Runden drehen! Zu viel Speck auf den Rippen ..." Er tätschelt seine Hüften, an denen kein Gramm Fett klebt, lacht gekünstelt auf, dann läuft er davon.

Blank winkt ihm nach, macht sich über das zweite Brötchen her und stillt seinen Durst am Brunnen. Noch nie hatte er etwas Köstlicheres gegessen als das ausgetrocknete Käsebrötchen, nie etwas Erfrischenderes getrunken als das kühle Brunnenwasser. „Das werde ich öfter machen, wenn ich wieder weiß, wer ich bin", nimmt er sich fest vor.

Später am Vormittag, nachdem er eine Weile planlos durch die Stadt gelaufen war, kommt Blank zum berühmten Platz vor dem Rathaus, auf dem es vor Touristen nur so wimmelt. Er schlendert herum, als ein Mann, der auf dem Boden sitzt und malt, seine Aufmerksamkeit erregt. Vor dem Straßenkünstler stehen eine Dose und ein Pappschild, auf dem steht: *Male Ihr Porträt gegen eine kleine Spende.* Auf einer Decke träumt ein Hund, seine Beine zucken aufgeregt, eine Pfote liegt über den Augen.

Blank verweilt mit seinem Bild in der Hand vor dem Maler und schaut zu, wie dieser das Porträt eines Passanten malt. Als es fertig ist, nimmt es der Mann entgegen, wirft einen Euro in die kleine Dose, die vor dem Künstler steht, und geht eilig davon. Ein paar Meter weiter sieht er sich verstohlen um, bevor er sein Konterfei zerknüllt und in einen Abfalleimer schleudert.

Der Straßenkünstler blickt zu Blank auf, und als er das Gemälde erblickt, das Blank immer noch eng an sich gedrückt hält, hellt sich sein Gesicht auf. „Der Wanderer über dem Nebelmeer, was für ein wunderbares Bild. Der Friedrich, der hatte es wirklich drauf. Das war ein ganz Großer."

„Und du? Bist du auch ein ganz Großer?", fragt Blank in aller Unschuld.

„Ich? Machen Sie Witze? Würde ich dann hier sitzen und die Leute anbetteln? Nein, ich bin nur ein kleines Licht. Ich werde es nie zu etwas bringen."

Noch bevor Blank ihm antworten kann, ertönt in seinem Kopf die Stimme. *Schau dir den Mann genau an, er wird dich etwas lehren. Er glaubt, ein kleines Licht zu sein. Und weil er fest daran glaubt, ist sein*

Glaube Wirklichkeit geworden. Erkennt er dies, kann er sich ändern. Der Mann ist dein Spiegel, denn du denkst genauso. Erst wenn du dir deiner Programme bewusst wirst, die du vor allem in der Kindheit erlernt hast, kannst du offen für Neues sein und dir eine andere Realität vorstellen. Deine Denkweise schränkt dich entweder ein oder befreit dich. Die Entscheidung liegt bei dir. Vorstellungskraft erschafft Wirklichkeit, und der Glaube versetzt ja bekanntlich Berge.

Blank setzt sich neben den Mann, streichelt den Kopf des Hundes, der aufgewacht ist.

„Wie heißt du?", fragt er freundlich.

„Martin. Und das ist Sancho Panza." Er weist auf den Hund.

Blank lacht: „Du müsstest eigentlich Don Quijote heißen."

Der Maler zuckt mit den Schultern. Ein passender Name, so oft, wie er bereits gegen Windmühlen gekämpft hat. Seien es die Behörden, seine Verwandten, seine Freundin, die ihn betrogen hatte - immer fühlte der Freigeist sich unverstanden und hatte schließlich resigniert.

„Und wie heißt du?", will er wissen.

„Ich weiß nicht. Die Ärztin und die Schwester nennen mich Blank."

Martin schüttelt Blank die Hand, auch wenn er überzeugt ist, einen Irren vor sich zu haben. Aber war er nicht ebenso ein bisschen verrückt?
„Freut mich."

„Ja, mich freut es ebenfalls, obwohl ich nicht weiß, warum", antwortet Blank. Er betrachtet aufmerksam die Bilder, die Martin vor sich auf dem Boden ausgebreitet hat. „Die Zeichnungen gefallen mir. Sie sind gut gemalt. Wieso glaubst du dann, dass du ein kleines Licht bist und nie Erfolg haben wirst?"

„Weil ich hier sitze und mir Geld zusammenbettle, damit ich meinen Hund füttern kann. Deshalb."

Er sieht aus, als würde er gleich weinen. Seine Erscheinung verkörpert das personifizierte Versagen: der traurige Blick, die hängenden Schultern, das ungekämmte, strähnige Haar und die ungepflegte Kleidung.

Sein Zustand ist das Ergebnis seines Denkens. Er schränkt sich durch seine Überzeugung, ein Verlierer zu sein, selbst ein. Deshalb kann er natürlich nicht an die in ihm steckende Kraft und an seine verborgenen Fähigkeiten glauben.

„Was denn für Fähigkeiten?“, fragt Blank.

Martin schaut ihn erstaunt an.

Er ist ein sehr guter Maler, sogar mehr als das, aber Glaubenssätze wie „Ich kann es nicht“, „Ich darf es nicht“, „Ich bin es nicht wert“ und „Ich habe es nicht verdient“ bestimmen sein Leben und verhindern, dass er das ans Licht bringt, was in ihm steckt. Er verfügt nämlich über eine besondere Begabung, die nur sehr wenige Menschen mit ihm teilen.

„Besondere Begabung?“, fragt Blank erstaunt. Wieder schaut ihn Martin von der Seite an, denn Blank spricht nicht mit ihm. Wer dieser Unbekannte wohl sein mag? Der Anzug ist teuer, aber zerknittert, das Gesicht ist unrasiert, die Haare wirr. Plötzlich weiß er jedoch, warum er Blank mag. Er sieht um ihn herum ein Leuchten, das ihm vertraut ist.

Martin kann das Energiefeld der Menschen sehen. Das ist seine besondere Begabung. Er konnte es schon als Kind. Aber seine Eltern haben ihm eingeredet, dass es so etwas nicht gibt und dass er nur fantasiert. Seither hat er immer unter seiner Gabe gelitten und versucht sie zu verdrängen. Wenn er diese Begabung nicht länger als Bürde betrachtet, könnte so mancher seiner Träume wahr werden.

„Energiefeld“, wiederholt Blank leise. „Das muss etwas Besonderes sein.“

Martin sieht ihn verdutzt an. Da die innere Stimme verstummt ist, wendet Blank sich ihm zu und deutet auf ein Bild. „Warum malst du das Meer?“

„Weil ich gerne dorthin möchte. Das ist mein Traum. Eine kleine Hütte am Strand, wo es warm ist, wo die Menschen freundlich sind und man nicht viel zum Leben braucht. Aber das schaffe ich sowieso nie.“

„Und wieso nicht?“

„Na, wo soll ich denn das Geld dafür hernehmen? Allein der Flug kostet zu viel.“

Blank denkt einen Moment lang darüber nach, folgt dann einem Impuls und fordert Martin auf: „Schließe deine Augen.“

„Warum denn das?“

„Mach es bitte einfach. Oder hast du Angst, dass ich dir etwas klaue?“

Martin muss lachen. „Nein, sicher nicht. Bei mir gibt es ja nichts zu holen.“ Er schließt die Augen. Der Hund hat sich aufgesetzt und beobachtet Blank aufmerksam. Bei der kleinsten Bewegung ist er bereit, seinen Herrn zu verteidigen.

Blank holt tief Luft. Was hatte er eigentlich vor?

Nur zu, ich werde dich leiten. Du wirst es gut machen, das weiß ich. Sprich einfach das aus, was du in dir hörst, ertönt die Stimme in seinem Innern. Blank entspannt sich.

„Stell dir deinen Traum jetzt einmal plastisch vor, Martin. Stell dir vor, du hast alles, was du dir erträumst, bereits verwirklicht: Du bist an einem Strand, hinter dir steht die kleine Hütte, Sancho Panza springt ausgelassen um dich herum, du stehst barfuß im warmen Sand und malst die Bilder, die du wirklich malen willst. Spürst du den Sand unter deinen Füßen, die sanfte Brise auf dem Gesicht? Kannst du die Wellen hören, die auf den Strand laufen?“

„Ich spüre es tatsächlich!“, antwortet Martin nach einer Weile. Sein Gesicht hat sich merklich entspannt und auch Sancho Panza hat sich mit einem tiefen Seufzer auf dem Boden ausgestreckt.

„Spürst du, wie glücklich du bist? Wie zufrieden? Wie dankbar? Ist das Leben nicht wunderbar? Kannst du es fühlen?“

„Ja, das tue ich. Die Vorstellung ist überwältigend!“

Als Martin die Augen öffnet, sagt er mit belegter Stimme: „Aber Tatsache ist, dass ich ein Versager bin, hier sitze und dass mein Hund Hunger leidet. Es war nur ein angenehmer Traum.“

„Überliste dein Gehirn. Was du gestern gedacht hast, ist heute dein Leben. Denk heute anders, so hast du morgen eine andere Zukunft. Wenn du an dich glaubst, glauben auch andere Menschen an dich."

Martin sieht ihn zweifelnd an. Wie gerne würde er Blank Glauben schenken, aber so einfach kann das Leben nicht sein.

„Du hast nichts zu verlieren, Martin."

Meinen harten Sitzplatz auf dem dreckigen Rathausplatz, denkt Martin in einem Anflug von Galgenhumor.

„Außer deinem harten Sitzplatz auf dem dreckigen Rathausplatz natürlich", sagt Blank und ruft damit bei Martin ungläubiges Staunen hervor. „Probier es einfach aus. Glaubst du nicht an dich, kann auch niemand anders an dich glauben. Wenn du dagegen an deinen Erfolg glaubst, ziehst du den Erfolg in dein Leben. Mach bitte noch einmal die Augen zu."

Gehorsam schließt Martin die Augen.

„Bist du nicht stolz auf das, was du dir vorgestellt hast? Lass dich einfach in das Bild hineinfallen. Dieses Bild lebt in dir, es ist ein Teil deiner inneren Wirklichkeit. Es liegt in deiner Hand, es zu deiner äußeren Wirklichkeit zu machen. Sieh doch nur: Du hast erreicht, wovon du seit Jahren träumst. Du bist am Ziel deiner Wünsche. Ist es nicht wunderbar?"

Als Martin nach einer Weile die Augen öffnet, hat sich nicht nur sein Gesichtsausdruck, sondern auch seine Haltung deutlich sichtbar verändert. „Ich glaub es nicht", sind die ersten Worte, die aus seinem Mund kommen. „So schön! So unglaublich schön!"

„Und es ist wahr, weil es deine Vision ist. Und Visionen müssen Wirklichkeit werden, wenn wir unbeirrt an sie glauben", erläutert ihm Blank.

„Ich sah mich am Strand, Sancho Panza an meiner Seite, und ich habe gemalt. Ich habe die Bilder gemalt, die ich schon immer malen wollte."

„Ich weiß“, wirft Blank ein.

Martin schaut ihn fragend an, aber er ist zu aufgeregt, um seinen Gedankenfluss unterbrechen zu lassen. „Ich habe die Menschen gemalt, wie ich sie sehe. Nicht nur den Körper, auch das Energiefeld. Wunderschöne Bilder voller Leuchtkraft ...“ Sein Gesicht nimmt einen träumerischen Ausdruck an, als er fortfährt: „Und die Leute haben sie gekauft. Sie haben meine Bilder als visionäre Kunst bezeichnet. Mensch Blank, stell dir vor: als visionäre Kunst.“

Blank lächelt ihn an und drückt ihm schweigend die Hand.

„Deine Vorstellungskraft schafft Wirklichkeit.“ Und er fügt hinzu: „Willst du mich malen? Und mein Energiefeld?“

„Natürlich, ich fange sofort damit an.“

Martin ist nicht zu bremsen. Über eine Stunde malt er vollkommen konzentriert – in seine eigene Welt versunken – das Bild von Blanks Energiekörper. Mittlerweile sind einige Passanten stehen geblieben, die ihm fasziniert zuschauen. Ein paar werfen Münzen in die Dose, was von Martin nicht wahrgenommen, aber von Blank und dem hungrigen Sancho Panza erfreut registriert wird.

Als Martin fertig ist, scheint er wie aus einer tiefen Trance zu erwachen. Er schaut Blank glücklich an: „Ich war wirklich in einer anderen Welt. Das Bild hat sich wie von selbst gemalt. Ich hoffe, es gefällt dir.“

Bevor Blank sich das Bild anschauen kann, erregt eine andere Szene seine Aufmerksamkeit. Ein kleiner Junge hat sich von der Hand seiner Mutter losgerissen und läuft auf Sancho Panza zu. Die besorgte Mutter läuft hinter ihm her und reißt ihn von dem freudig mit dem Schwanz wedelnden Labrador weg.

„Ich hab dir doch schon tausend Mal gesagt, du sollst keine Hunde streicheln!“ Mit einem kritischen Blick auf Martin, Blank und Sancho Panza fügt sie spitz hinzu: „Erst recht keine dreckigen Hunde, die vielleicht Tollwut, ganz sicher aber Flöhe haben!“ Sie reißt am Arm des Jungen und zieht ihn mit sich fort. Als ihm auch noch sein Eis aus der

Hand fällt, schimpft sie weiter: „Ich hab's ja kommen sehen. Du bist so ein Tollpatsch, das hast du von deinem Vater. Der hat auch zwei linke Hände. Wenn du dich nicht anstrengst, wird aus dir nie was werden. Und dann endest du so wie diese beiden Penner hier!"

Martin unterbricht sie empört: „Penner, wer ist hier ein Penner?" Blank legt ihm beruhigend die Hand auf den Arm. „Du musst ihre Glaubenssätze nicht übernehmen, Martin. Bleib bei deiner Wahrheit. Wenn du weißt, wer du bist, kann dich die Meinung anderer Leute nicht mehr aus der Ruhe bringen."

Und wer bin ich?, fragt Blank sich im Stillen.

Du kommst der Antwort immer näher, ertönt die Stimme.

Während die erregte Mutter weiter verbal auf ihren Sohn eindrischt, beißt Martin sich auf die Lippen. Die Szene scheint ihn sichtlich mitzunehmen. „Sie soll den Jungen in Ruhe lassen! Er kann doch nichts dafür!" Fast scheint es, als würde er über sich selbst sprechen.

Siehst du, die Mutter hat gerade als Spiegel für Martin gedient. Sie hat ihn an seine eigene Mutter erinnert und ihm seine eigenen unbewussten Programme vorgeführt. Daher kommt das Gefühl, nichts zu können, nichts wert zu sein und nichts verdient zu haben.

Blank schweigt eine Weile, bevor er Martin an seinen Erkenntnissen teilhaben lässt. Die Worte sprudeln aus ihm hervor: „Siehst du? Der Junge glaubt, dass er die Schuld trage. Seine Mutter redet ihm ein, er sei ein Tollpatsch, weswegen aus ihm nie etwas werden könne. Wenn sich ihm das einprägt, weil es oft genug wiederholt wird, dann wird es zu einem Programm, das sein komplettes Leben bestimmt und darüber entscheidet, ob er erfolgreich ist und seine Visionen verwirklicht oder nicht." Nachdenklich fügt er hinzu: „So wie unsere Eltern sind, so werden auch wir." Vor seinem inneren Auge taucht eine verschwommene Szene auf, sie verschwindet jedoch, bevor er sich darauf konzentrieren kann.

„Wieso denn das?", fragt Martin erstaunt.

„Wir sind das Abbild unserer Eltern. Das, was wir an ihnen nicht mögen oder sogar hassen, das tragen wir selbst in uns. Aber natürlich sehen wir das meistens nicht. Wir geben den Eltern die Schuld an allem, was in unserem Leben schief läuft. Das ist einfacher, als zu überprüfen, welche Muster wir von ihnen übernommen haben. Sie haben diese Muster ja ebenfalls von ihren Eltern übernommen. Wenn du dir deiner Muster bewusst wirst, kannst du den Kreislauf durchbrechen und für dich selbst und deine Nachkommen ein besseres Leben erschaffen."

„Meine Nachkommen? Du meinst Kinder?" Martin sagt es fast andächtig. Man merkt ihm an, dass er an die Möglichkeit, selbst Kinder zu haben, nicht glaubt.

„Wir übernehmen die Muster, Ansichten und Verhaltensweisen unserer Eltern oder wir rebellieren dagegen und leben äußerlich betrachtet das genaue Gegenteil aus. Innerlich wirken die Muster aber weiter. Eltern sind die erste Quelle der Liebe für uns, wir empfinden sie wie allmächtige Götter, die wir in der Pubertät vom Thron zu stoßen versuchen. Wenn wir keine Liebe erhalten, verhalten wir uns nett, gehorsam und artig oder besonders aufsässig und widerspenstig. So oder so bekommen wir Aufmerksamkeit, was für ein Kind ein Zeichen von Liebe ist."

Während Blank das sagt, wird auch er immer nachdenklicher. Woher weiß er das alles? Und was hat es mit ihm zu tun?

„Das, was die Eltern zu uns sagen, ist für uns die absolute Wahrheit. Du hast mit Sicherheit irgendwelche Ansichten deiner Eltern verinnerlicht, die dich nun daran hindern, erfolgreich zu sein."

„Na ja, mein Vater war ein ziemlicher Versager. Ein Träumer, ungeheuer talentiert, mit tausend Ideen, aber er brachte nichts zustande. Erst versuchte er sich als Schriftsteller, dann als Sänger in einer Punkband, später als Maler. Er konnte alles, litt jedoch an ungeheuren Minderwertigkeitskomplexen und hatte nie Erfolg. Geld war bei uns immer knapp. Meine Mutter hat immer gestöhnt, dass sie drei Kinder großziehen musste." Martin hält inne. Die Erinnerungen überwältigen ihn.

„Mein älterer Bruder hat sich das Leben genommen. Meine Mutter hat uns ständig eingeredet, dass wir genauso wie unser Vater wären, also zu nichts zu gebrauchen. Sie ließ sich von meinem Vater scheiden, als ich sechzehn war. Ich weiß nicht einmal, was aus ihm geworden ist. Meine Mutter hatte mir jeden Kontakt zu ihm streng verboten."

„Das ist deine Blockade, Martin. Jetzt weißt du, warum du daran festhältst, nichts zu können."

Während die beiden in ihre Unterhaltung versunken sind, haben immer mehr Passanten das merkwürdig leuchtende Bild angeschaut, das direkt zu ihren Herzen zu sprechen scheint. Mittlerweile befinden sich in der Dose über dreißig Euro. Als Martin das sieht, lacht er glücklich auf. „Heute wirst du satt werden, mein treuer Gefährte Sancho Panza. Heute werden wir beide satt werden." Und mit einem Blick auf Blank fügt er hinzu: „Heute werden wir alle drei satt werden! Ist das Leben nicht schön?"

„Ja, das ist es", pflichtet ihm Blank bei. „Und es ist besonders schön, weil du nun weißt, was du tun musst, um deine Vision Wirklichkeit werden zu lassen. Die Einzelheiten, die ergeben sich von selbst, wenn du nur fest genug an dich glaubst."

„Weißt du eigentlich, wo du heute Nacht schläfst?", fragt ihn Martin. Als Blank den Kopf schüttelt, berührt er ihn am Arm und sagt strahlend: „Na, bei mir natürlich. Wo denn sonst, Blank? Natürlich bei mir."

Kapitel 8

Jeder Mensch hat eine Gabe

Am nächsten Morgen machen sich Martin, Sancho Panza und Blank früh zum Rathausplatz auf. Martin kann es kaum erwarten, endlich so zu malen, wie er die Menschen und die Welt wirklich sieht.

Natürlich werden ihn einige für einen Spinner halten, aber die meisten großen Geister wurden anfangs für Spinner gehalten und alle großen Ideen wurden zunächst als Fantasterei abgetan. Sollte er anfangen, an sich zu zweifeln, ermutige ihn.

Und genau so kommt es: Kaum hat Martin angefangen, ein weiteres Bild von Blank zu malen, bauen sich drei Jugendliche vor ihnen auf und lästern.

„Eh, Alter, was ist das für'n Quatsch, das is' ja voll gequirlte Scheiße", tönt der eine, der vermutlich der Anführer ist. Die klobigen Turnschuhe sind nicht zugebunden, die Hose sitzt ihm auf den speckigen Hüften und der Hosenboden hängt ihm bis in die Kniekehlen.

„Voll Scheiße, eh", äfft ihn der zweite nach und kann sich vor Lachen kaum halten. Der dritte nimmt Martin den Pinsel aus der Hand und schmiert ihm damit Farbe ins Gesicht. „Siehst schon viel besser aus, Alter."

„So und jetzt her mit der Kohle, dann seid ihr uns los", befiehlt der Anführer. Blank hält ihm wortlos die Dose hin, in der noch kein Geld ist. Einer der jungen Männer tritt sie ihm aus der Hand, sie lachen. Einer von ihnen sieht vom anderen Ende des Platzes zwei Polizisten auf sie zukommen.

„Los, weg jetzt, die Bullen sind im Anmarsch."

Die Drei rennen davon. Einer reckt im Davonlaufen einen Mittelfinger in die Luft. „Wir sehen uns, Alter!", schreit er.

Martin ist den Tränen nahe. Schluchzend presst er hervor: „Es war nur ein Traum, ein schöner zwar, aber eben nur ein Traum."

Blank legt ihm eine Hand auf den Arm. „Martin, es war dein Traum und den darfst du dir von ein paar Jugendlichen nicht zerstören lassen, die nicht wissen, was sie mit sich anfangen sollen."

Martin sackt in sich zusammen und hockt da wie ein Häufchen Elend. Sancho Panza leckt ihm die Hand.

„Martin, in deinem Traum hast du vergessen, dass du glaubst, ein Versager zu sein. Jetzt musst du daran glauben, dass du ein besonderes Talent hast, das vielen Menschen Freude bereiten wird."

Damit drückt Blank ihm Pinsel und Palette in die Hand und fordert ihn auf, weiterzumalen. Nach ein paar Minuten gelingt es Martin, die Erinnerung an die hässliche Szene abzuschütteln und sich auf das zu konzentrieren, was er sieht. Schon bald bleiben wie am Vortag einzelne Passanten stehen und schauen interessiert zu. Zwei Kunststudenten sehen ebenfalls zu und unterhalten sich. „Der Mann ist ein Visionär, weißt du, so einer wie der Alex Gray", sagt der eine und zupft sich am Kinnbärtchen.

Der andere pflichtet ihm bei: „Visionäre Kunst … Und das ausgerechnet bei uns. In New York oder London hätte ich das ja erwartet, aber hier …"

„Würden Sie mich auch malen?", fragt der Erste. „Natürlich, gerne", antwortet Martin. Sein Gesicht glüht vor Inspiration und Freude.

Siehst du, mit welchem Respekt sie ihn behandeln? Für sie ist er bereits ein großer Künstler, jetzt muss er nur noch selbst daran glauben. In diesem Moment beginnt sich seine alte Programmierung, ein Versager zu sein, zu verwandeln. Aber er musste die Erfahrung machen, er musste in die Tiefe steigen, um hoch hinaufklettern zu können. Du wirst staunen, welche

Kreativität sich in ihm verbirgt, denn er ist tatsächlich ein begnadeter Künstler mit einem besonderen Talent.

Eine halbe Stunde später ist das Bild vollendet und der Student ist völlig außer sich. „So sehen Sie mich? So strahlend? Ich danke Ihnen vielmals, das Bild wird bei mir immer einen Ehrenplatz haben."

Dann wird er einen Moment lang still, als ihm etwas einfällt. Verlegen fragt er: „Wie viel kostet das eigentlich? Ich weiß, ich hätte vorher fragen sollen, aber es ist mir nicht eingefallen. Ich habe nur an das Bild gedacht."

Martin lacht glücklich. „Sie haben bestimmt nicht viel Geld, also geben Sie mir, was Sie erübrigen können."

Der Student kramt in seiner Tasche, holt einen Fünfzigeuroschein heraus und gibt ihn Martin.

„Reicht das?"

Martin nickt nur, denn die Worte bleiben ihm wie ein Kloß im Hals stecken.

„Würden Sie es bitte noch signieren?", fragt ihn sein erster Käufer.

„Natürlich, das mache ich sehr gerne." Schwungvoll signiert Martin das Bild auf der Rückseite. Blank sieht ihm zufrieden zu.

Unbewusste Glaubenssätze können behindern oder weiterbringen, sie können Bremse oder Motor sein. Ihr müsst sie euch nur bewusst machen und erkennen, dann könnt ihr sie auch verwandeln und zu eurem Vorteil nutzen.

Nachdem die beiden Studenten gegangen waren und sie einen Moment lang Ruhe hatten, drückt Martin Blank die Hand. „Ohne dich hätte ich das nie geschafft. Wie kommt es nur, dass du so viel weißt und mir so die Augen öffnen konntest?"

„Ich weiß es auch nicht, ich wiederhole einfach nur, was mir meine innere Stimme sagt."

„Deine innere Stimme?"

„Ja, ich höre eine Stimme. Ich glaube, sie gehört einem Mann in Weiß, dem ich ab und zu in meiner inneren Welt begegne."

Martin ist einigen schrägen Typen begegnet, aber jetzt wird ihm die Sache bei aller Zuneigung zu Blank doch langsam etwas unheimlich.

„Ich bin sicher, deine innere Stimme spricht auch zu dir. Bisher hast du vor allem auf die lauten Stimmen deiner Eltern und Lehrer gehört, die immer noch in deinem Kopf herumspuken. Schenke ihnen keine Aufmerksamkeit mehr, sondern höre dir zu."

„Jetzt weiß ich, was du meinst. Wenn ich meditiere oder abends kurz vor dem Einschlafen, kommen mir oft die besten Ideen. Ich nenne das nur nicht innere Stimme, sondern Inspiration."

„Gleich, wie du sie bezeichnest, wichtig ist nur, dass du auf sie hörst."

Mittlerweile hat sich eine junge Frau vor Martin auf den Boden gehockt und schaut ihn aus dunkelbraunen Augen fragend an. Ohne dass ein Wort fällt, greift Martin zum Pinsel und beginnt, sie zu malen.

Blank schließt die Augen. Plötzlich sieht er vor seinem geistigen Auge etwas aufblitzen. Ich stehe vor einem Spiegel. Kein Zweifel, das bin ich. Frisch rasiert, das Haar gewaschen, der Anzug gebügelt, die Krawatte gebunden. Anscheinend habe ich vor, auszugehen. Eine äußerst attraktive Frau betritt das Zimmer, umarmt mich und küsst mich leidenschaftlich auf den Mund. Ich drücke sie fest an mich … Das Bild verblasst. „Nein, nicht …", will ich rufen, aber ich bleibe stumm.

Es ist zu früh, dich an deine Vergangenheit zu erinnern. Du musst noch sehr viel lernen. Konzentriere dich auf die Gegenwart. Denke daran, dass Martin ein Spiegel für dich ist. Was für ihn gilt, gilt auch für dich. Auch du besitzt besondere Fähigkeiten, du musst sie nur noch entdecken und an sie glauben. Ahnst du, welche besonderen Fähigkeiten ich meine?

„Ich kann mit Menschen reden?"

Ja, aber viel mehr als das. Du hast die Gabe, das Beste in den Menschen hervorzubringen. So wie Martin ihnen durch seine Bilder ihre wahre Schönheit zeigen kann, so kannst du es mit Worten tun. Du hast die Gabe, für sie ein Spiegel zu sein, in dem sie sich so sehen können, wie sie wirklich sind und nicht so, wie ihre Programme sie erscheinen lassen wollen.

„Das kann ich?"

Glaube an deine besonderen Fähigkeiten. Übrigens verfügt jeder Mensch über spezielle Begabungen. Die meisten glauben allerdings nicht daran, dass in ihnen etwas Großartiges steckt. Dabei muss man lediglich erkennen, welche Glaubenssätze einschränken und die Entwicklung hemmen. Danach blickt man auf den Gegenpol, die positive Seite, die im Problem versteckt ist. Wie du weißt, hat alles zwei Seiten.

„Das Gesetz der Polarität."

Wo Licht ist, muss auch Dunkelheit sein, das ist die schlechte Nachricht. Aber, wo Dunkelheit ist, muss auch Licht sein. Alles folgt einem natürlichen Rhythmus. Alles entsteht, wächst, erreicht seinen Höhepunkt, verfällt und vergeht. Das Leben ist wie ein großes Rad. Wenn es eine Weile aufwärts gegangen ist, muss es wieder abwärts gehen, um dann von Neuem aufwärts zu gehen. Ihr glaubt aber, wenn es einmal abwärts geht, dann wird es immer weiter abwärts gehen. Ihr seht nicht, dass in der Abwärtsbewegung bereits die Aufwärtsbewegung enthalten ist.

„Faszinierend. Ich lerne so viel, dabei weiß ich nicht einmal, wer ich bin."

Doch, du weißt, wer du bist, du kannst dich nur noch nicht an deine Vergangenheit und deinen Namen erinnern. Das ist ein gewaltiger Unterschied.

Blank wird abrupt in die Wirklichkeit katapultiert, weil Martin ihn aufgeregt anstößt.

„Mensch, Blank, wach auf!" Er ist völlig außer sich. „Hast du das gesehen?"

„Was denn?"

„Bist du blind? Sie hat mich geküsst und gesagt, ich sei genial. Und sie hat von Seelenverwandtschaft gesprochen, und dass sie mich wiedersehen will und dass …"

Blank hat Mühe, seinen Redefluss zu unterbrechen. „Wer hat was?"

„Na, die junge Frau, die ich eben gemalt habe. Sie heißt Alexandra. Sie will mich wiedersehen! Sie hat mich geküsst, Mensch! Auf den Mund hat sie mich geküsst!"

Martin ist außer sich vor Freude. Seine Augen funkeln.

Ist der Unterschied nicht verblüffend? Gestern noch ein Versager, der nichts auf die Reihe bekommt und bis an sein Lebensende allein bleiben wird. Heute ist er bereits ein Künstler, verdient Geld und hat seine erste Verabredung seit vierzehn Jahren. Erstaunlich, oder?

„Woher weißt du, dass es vierzehn Jahre sind?"

Ich weiß alles, so wie auch du alles weißt, weil wir alle miteinander verbunden sind. Alles ist Geist, Energie und untrennbar miteinander verbunden. Alles wirkt aufeinander ein, durchdringt sich und hängt voneinander ab. Eure moderne Quantenphysik nennt das Verschränkung.

„Was sind vierzehn Jahre?"

Blank errötet. „Hast du wirklich seit vierzehn Jahren keine Verabredung mehr gehabt?"

Martin schaut ihn aus großen Augen an. „Blank, du wirst mir immer unheimlicher. Ich habe nie gezählt, aber wenn ich nachdenke, dann, ja, dann ist es tatsächlich vierzehn Jahre her. Bist du Hellseher?"

Blank lacht. *Nein, kein Hellseher*, denkt er, *nur ein guter Zuhörer*. Er antwortet nicht auf die Frage, sondern sagt: „Wie fühlst du dich? Denkst du immer noch, dass du ein kleines Licht bist? Dass du nie Erfolg haben wirst?"

„Ich fühle mich wunderbar! Das verdanke ich dir."

„Nein, nein, das verdankst du dir allein. Ich habe dir nur eine Tür gezeigt, aber du hast sie geöffnet und bist hindurchgegangen."

In diesem Augenblick fragt ein Passant: „Dürfte ich wohl ein Foto von Ihnen und Ihren wunderschönen Bildern machen?"

Während er fotografiert, raunt Blank Martin zu: „Du selbst hast deine Glaubenssätze umgewandelt und deine Umwelt reagiert darauf.

Erinnerst du dich noch, wie du dich gestern gefühlt hast? Du besitzt jetzt eine vollkommen andere Ausstrahlung. Schau dich doch nur an, wie du strahlst, wie glücklich du aussiehst. Das macht dich für andere Menschen attraktiv, sodass sie sich von dir insgesamt angezogen fühlen, nicht nur erotisch …"

Das ist richtig, denn was man aussendet, das bekommt man zurück.

Einer plötzlichen Eingebung folgend steckt Martin die Dose in seine Tasche. „Die brauche ich nicht mehr, ich bin ja schließlich kein Bettler."

„Nein, das bist du wirklich nicht, mein Freund, denn du hast der Welt viel zu geben", antwortet Blank und drückt ihn fest an sich. „Ich muss mich vorerst verabschieden, ich habe etwas zu erledigen."

„Kommst du heute Abend wieder zu mir?"

„Ich habe das Gefühl, heute Nacht woanders zu schlafen."

Beschwingt schlendert er davon. Er hat eine Verabredung, aber die Person, mit der er verabredet ist, weiß es noch nicht.

Kapitel 9

Verloren im Labyrinth

Bevor sich Blank zu seiner Verabredung aufmacht, sucht er am Hauptbahnhof die öffentliche Toilette auf, duscht und rasiert sich dort. Danach macht er sich auf den Weg. „Love is in the Air", summt er vergnügt vor sich hin.

Endlich angekommen schleicht er sich vorsichtig an das Haus heran, riskiert einen raschen Blick durchs Fenster. Der Anblick lässt sein Herz schneller schlagen. Unwillkürlich drückt er das Bild enger an sich. Er spürt, dass er seinem Ziel, sich zu erinnern, immer näher kommt.

Auch einem anderen Ziel kommst du immer näher.

„Anderes Ziel?"

Du wirst dich nicht nur an deine Vergangenheit erinnern und daran, wie du heißt, bald wirst du auch zum ersten Mal erkennen, wer du wirklich bist.

„Wenn ich meinen Namen kenne, weiß ich doch, wer ich bin, oder?"

Die Stimme antwortet nicht, aber Blank glaubt, in der Stille so etwas wie den Widerhall eines Lachens zu hören. Es könnte aber auch eine Elster gewesen sein, die vor ihm auf dem Rasen auf und ab spaziert und dabei keckernde Laute ausstößt. Erneut stellt sich Blank vorsichtig auf die Zehenspitzen und schaut durch das Fenster. *Was für ein schöner Anblick*, denkt er zuerst, aber dann: *Irgendetwas stimmt nicht.*

Maria sitzt am Küchentisch, die Ellenbogen aufgestützt, der Kopf liegt in ihren Händen. Vor ihr auf dem Tisch liegt ein geöffneter Briefumschlag, daneben eine Rechnung. Die Zahnspange ihres Sohnes hat ihr gesamtes Erspartes verschlungen. Maria geht es offensichtlich nicht gut, denn sie stöhnt von Zeit zu Zeit auf. Einmal ruft sie laut: „Ich weiß nicht, wie ich das alles schaffen soll!" Nach einer Weile geht ein Ruck durch ihren Körper, sie strafft die Schultern und greift entschlossen zum Telefon. Aufgeregt redet sie auf ihren Gesprächspartner ein. Leider kann Blank nicht hören, was sie sagt, denn in diesem Moment stößt ihn jemand unsanft von hinten an.

„Hallo Sie, was machen Sie da?"

Als er sich umdreht, sieht er eine kleine alte Frau, die ihm knapp bis zum Kinn reicht, und ihn mit ihrem Spazierstock wie mit einem Degen bedroht. „Wollen Sie wohl verschwinden, Sie Unhold! Bei anderen Leuten durch das Fenster starren, Sie Spanner! Ich hole die Polizei, wenn Sie nicht sofort abhauen, Sie Sittenstrolch!"

Blank weiß nicht, ob er über die resolute alte Dame und ihren Wortschwall lachen oder sich vor ihr fürchten soll. Auf jeden Fall scheint es ihm ratsamer, erst einmal zu gehen und es nicht auf eine Kraftprobe ankommen zu lassen.

„Ja, jetzt bekommen Sie es mit der Angst zu tun, was? Lassen Sie sich hier nur nie mehr blicken, ich behalte Sie im Auge, Sie Unhold."

Blank macht sich aus dem Staub. Gegenüber befindet sich ein Spielplatz, er setzt sich dorthin, um zu überlegen, was er Maria sagen soll. Denn, dass er zu ihr will und sich durch nichts und niemanden davon abhalten lässt, ist ihm klar. Kaum sitzt er unter einem Baum, da hört er die vertraute Stimme.

Maria lebt allein mit ihrem Sohn. Ihr Exmann weigert sich, Unterhalt zu zahlen und beteiligt sich auch nicht an außerordentlichen Kosten wie der Zahnspange. Maria hat schon Hundert Mal versucht, ihn zur Vernunft zu bringen, aber er stellt sich quer. Er hat mittlerweile eine neue Frau und zwei kleine Kinder und weiß selbst nicht, wo er das Geld hernehmen soll. Für Leon fühlt er sich nicht mehr verantwortlich. Er besucht ihn nicht einmal. Für den Jungen ist es sehr schwer, ohne Vater, also ohne ein männliches Vorbild aufzuwachsen.

Blank hört aufmerksam zu. Je mehr er über Maria herausfindet, desto besser weiß er, wie er sich ihr annähern kann, ohne sie gleich in Panik zu versetzen.

Inzwischen ist Leon, Marias zehnjähriger Sohn, nach Hause gekommen und fragt seine Mutter, mit wem sie telefoniert. Als sie es ihm sagt, strahlt er und möchte unbedingt mit seinem Vater sprechen. Er lebt richtiggehend auf, während er sich mit ihm unterhält. Schließlich aber sackt er in sich zusammen und alle Freude weicht aus seinem Gesicht. Mit einem kaum hörbaren „Ist schon gut …“ gibt er seiner Mutter den Hörer zurück und rennt in sein Zimmer. Erst knallt er die Tür hinter sich zu, dann stellt er die Musik auf volle Lautstärke.

„Was hast du ihm denn jetzt schon wieder gesagt?“, fragt Maria ihren Exmann aufgebracht.

„Dass ich keine Zeit für ihn habe. Er wollte, dass ich am nächsten Wochenende mit ihm Fußballspielen gehe. Denkt er denn im Ernst, ich würde das machen? Wie soll ich das schaffen? Ich sehe ja meine eigenen Kinder vor lauter Arbeit kaum noch.“

„Leon ist auch dein eigenes Kind, du …“ Maria legt auf. Hier ist jedes Wort verschwendet. Sie muss sich vielmehr um Leon kümmern. Aber auf ihr Klopfen reagiert er nicht, und als sie vorsichtig die Klinke herunterdrückt, stellt sie fest, dass die Tür verschlossen ist. Maria kommen die Tränen. Sie weiß, dass es sinnlos ist, mit Leon zu sprechen, wenn er in dieser Stimmung ist. Erschöpft lässt sie sich im Wohnzimmer aufs Sofa fallen und will nur schlafen.

Unterdessen hat sich Blank gegen einen Baum gelehnt, die Augen geschlossen und ist tatsächlich eingeschlafen.

Ich stehe am Eingang eines Labyrinths und zugleich scheine ich darüber zu schweben, denn ich sehe es aus zwei Perspektiven gleichzeitig. Maria geht in das Labyrinth hinein und ich kann sehen, wie sie herumirrt und verzweifelt nach einem Weg sucht, dem Labyrinth zu entkommen.

Ich rufe ihr zu: „Dort entlang! Es ist ganz einfach. Du musst nur in die andere Richtung gehen!“ Sie hört mich nicht. Immer wieder betritt sie eine neue Sackgasse, die nirgends hinführt. Von oben gesehen scheint alles so einfach.

Es ist sehr schwer für sie, weil sie ihre Situation ja nicht von einer höheren Warte aus betrachten kann. Sie fühlt sich gefangen, sieht sich selbst als Opfer. Mehr als alles andere wünscht sie sich einen Mann, der gemeinsam mit ihr Leon großzieht, der sie und Leon liebt, an den sie sich anlehnen kann, wenn sie einmal schwach ist, für den sie aber immer da sein wird, wenn er einmal schwach ist. Maria ist im Grunde sehr stark, aber sie weiß es nicht.

„Sie hat Herz.“

Das hat sie, aber sie ist so verletzt, so sehr von den Männern und vom Leben enttäuscht, dass sie dicke Mauern um ihr Herz errichtet hat, die niemand überwinden kann. Obwohl sie attraktiv und klug ist, zieht sie keinen Mann an, weil sie ständig Signale aussendet: „Ich bin enttäuscht worden, ich will nicht noch einmal enttäuscht werden. Ich werde kein Risiko eingehen, also Hände weg.“

„Ich werde sie nicht enttäuschen.“ Blank schlägt die Hände vor den Mund. „Wieso habe ich das gesagt?“

Dein Herz hat gesprochen, nicht dein Mund. Folge deinem Herzen. Es wird dich auf den rechten Weg führen. Das Prinzip der Resonanz besagt, dass Gleiches auch Gleiches anzieht. Du kennst doch das Sprichwort „Gleich und Gleich gesellt sich gern“, oder?

„Natürlich.“

Das heißt, dass Maria keine Männer anziehen kann, deren Herz offen ist, weil sie sich mit ihnen nicht in Resonanz befindet. Sie zieht Männer an, deren Herz ebenfalls verschlossen ist. Daraus entsteht keine glückliche Beziehung.

„Ist mein Herz offen?“

Ist dein Herz offen?

„Ich weiß es nicht. Woran erkennt man das denn?“

Fühlst du dich mit anderen Wesen verbunden? Rührt es dich, wenn du ein Baby siehst oder einen kleinen Hund? Hast du Mitgefühl mit denen, die schlechter dran sind als du? Möchtest du manchmal ohne jeden Grund laut lachen oder vor Freude tanzen?

„Ja."

Dann ist dein Herz offen.

„Und warum fühle ich mich dann zu Maria hingezogen?"

Du spürst, was sich hinter ihren Mauern verbirgt. Weil du hinter ihre Angst schauen kannst und dort ihre Liebe siehst.

„Und warum kann ich das?"

Weil du im Augenblick deine eigenen Konditionierungen vergessen hast und die Welt so wahrnimmst, wie sie wirklich ist.

„Aber was ist mit dem Gesetz der Resonanz, aufgrund dessen Maria bisher keinen passenden Mann gefunden hat?"

Da alles Geist ist, ist auch alles miteinander verbunden. Maria hat bestimmte Denk- und Glaubensmuster und sendet eine bestimmte Energie aus. So zieht sie genau die Energie an, die dieselbe Schwingung hat. Sie ängstigt sich dermaßen davor, wieder enttäuscht und verletzt zu werden, dass sie unbewusst die netten Männer abstößt und nur die anzieht, die unfähig sind zu lieben.

„Das ist betrüblich."

Sie weiß nur, dass sie attraktiv ist, dass sie lieben möchte, aber sie ahnt nicht, welche unbewussten Programme in ihr ablaufen. Einige ihrer Programme heißen. „Wenn ich zu viel Nähe zulasse, werde ich wieder verletzt" oder „Ich will nie wieder verlassen werden". Sie kann so viele positive Gedanken denken, wie sie will; solange sie diese Programme nicht erkennt, wird sich auch nichts ändern.

„Aber gibt es Hoffnung?"

Natürlich! Alles ändert sich ständig. Es ist ein Naturgesetz, dass alles einem bestimmten Rhythmus folgt und das Leben ist ein Prozess ständigen Wandels.

Blank richtet sich auf, reckt sich, streicht zärtlich über die raue Rinde des knorrigen Baumes.

Siehst du, dein Herz ist offen. Den meisten Menschen würde es nicht einmal im Traum einfallen, einen Baum als Lebewesen zu betrachten. Für sie ist er reine Staffage.

Blank überquert die wenig befahrene Straße und pirscht sich vorsichtig an das Küchenfenster heran, hinter dem Maria am Tisch sitzt und grübelt. „Wie soll ich das alles allein schaffen? Wenn ich einen Mann hätte, einen anständigen, dann…" Ihre Worte werden vom Klingeln des Telefons unterbrochen.

Marias Programm, das sie vor Verletzungen schützen soll, wird ihr jeden Tag durch ihre Einsamkeit widergespiegelt. Erinnerst du dich an das Gesetz der Spiegelresonanz? Maria wird immer wieder Männer anziehen, die sie verletzen, es sei denn, es gelingt ihr, ihr Programm zu erkennen und es zu ändern.

Blank nickt stumm. *Das wünsche ich ihr von ganzem Herzen*, denkt er. Fasziniert betrachtet er Maria. Noch nie hat er einen so schönen Menschen gesehen.

Sie ist schön, weil du sie mit dem Herzen siehst. Das ist eine kostbare Gabe. Ich hoffe, du wirst sie nie wieder verlieren.

Nie wieder, bekräftigt Blank stumm.

So wie für Herrn Bartneck das Magengeschwür ein Geschenk war, das er aber nicht annehmen wollte, so ist die Einsamkeit für Maria ein Geschenk, das sie nur auspacken müsste, um zu erkennen, wie wertvoll es ist, statt es unausgepackt in den hintersten Winkel ihres Bewusstseins zu verbannen. Die Gefühle der Einsamkeit, des Verlustes, der geringen Wertschätzung möchten ihr etwas zeigen. Sie sind Spiegel, in dem sie erkennen könnte, warum sie das alles angezogen hat. Jedes Mal, wenn ein unangenehmes Gefühl auftaucht, ist das ein Zeichen dafür, dass etwas aus dem Gleichgewicht geraten ist. So wie auch Herr Bartneck im Spiegel seines Magengeschwürs erkennen könnte, was in seinem Leben aus dem Gleichgewicht geraten ist.

„Geht es Herrn Bartneck denn jetzt gut?"

Richtig gut wird es ihm nur gehen, wenn er seine Denk- und Verhaltensmuster erkennt, denn sie sind es ja, die ihn unerbittlich dazu treiben, Höchstleistungen zu vollbringen und seinen Körper zu ruinieren. Das Magengeschwür von Herrn Bartneck und die Einsamkeit von Maria sind die Auswirkungen einer inneren Haltung, die in der Außenwelt nicht geheilt werden können. Nur wenn sich Maria die Ursachen ihrer Einsamkeit anschaut, ihre Muster erkennt und ihr Herz öffnet, wird sie einen Mann anziehen können, der sie wirklich liebt. Nur wenn sich Herr Bartneck die Ursachen seiner Erkrankung anschaut, seine Muster erkennt und auf die Botschaften seines Körpers hört, wird er einen Job anziehen können, der ihn wirklich erfüllt, und sich ein Leben erschaffen, das ihn glücklich macht.

„Ist es denn wirklich so einfach?"

Es ist sogar noch einfacher. Fragt euch, was das Ganze mit euch zu tun hat und betrachtet euch nicht als Opfer der Umstände. Begreift euch als Schöpfer eurer Wirklichkeit, denn dann könnt ihr alles zum Positiven wenden.

Maria hat das Gespräch inzwischen beendet und ist ans Fenster getreten, weil sie etwas gehört hat. Unter dem Fenster sieht sie Blank, der mit sich selbst spricht.

Sie hört noch, wie er sagt: „Und warum wissen das nicht alle Menschen? Warum glauben denn so viele, sie seien machtlos?"

In diesem Augenblick fällt ihm das Bild herunter, und als er es aufhebt und wieder hochkommt, stößt er sich den Kopf, weil Maria über ihm das Fenster geöffnet hat.

Kapitel 10

Die Angst in der Seifenblase

„Herr Blank? Was tun Sie hier?“ ruft Maria erstaunt.

Blank reibt sich den Kopf, statt zu antworten.

„Geschieht Ihnen recht. Sie haben mich ja zu Tode erschreckt“, lacht Maria.

Als sie aber sieht, dass aus einer Stelle am Scheitel Blut sickert, erwacht sofort die Krankenschwester in ihr. „Kommen Sie schnell herein, die Wunde muss versorgt werden, das könnte sonst gefährlich werden.“

Sie will zur Wohnungstür gehen, um ihm die Haustür zu öffnen, aber Blank hat das mit dem „schnell“ wörtlich genommen, schiebt erst das Bild durch das Fenster und klettert dann selbst hinterher.

Von der Straße erschallt ein empörtes: „Sie Sittenstrolch, jetzt hab ich Sie erwischt. Jetzt hole ich die Polizei!“

„Oh nein, das ist Frau Wilhelmi, unsere Aufpasserin“, sagt Maria. Sie beugt sich aus dem Fenster: „Alles in Ordnung, Frau Wilhelmi, das ist mein Mann, er hat nur seinen Schlüssel vergessen! Machen Sie sich keine Sorgen.“

Frau Wilhelmi ist entsetzt, dass die nette Frau Maria einen Sittenstrolch zum Mann hat, lässt sich dennoch beruhigen.

„Sie meint es ja gut, aber sie fällt uns allen auf die Nerven“, seufzt Maria. „Wahrscheinlich ist sie nie über den Tod ihres Mannes hinweggekommen, den sie bis zum Ende gepflegt hat. Sie hat sich nun eine neue Aufgabe gesucht“, fügt sie hinzu.

„Neue Aufgabe, das ist gut“, sagt Blank und reibt sich den Kopf. Seine Hand ist blutverschmiert.

„Nein, nicht anfassen, bitte!“, befiehlt Maria. Sie versorgt die Wunde am Kopf und wischt Blanks Hand ab. *‚Warum wird mir bloß so schwummrig, wenn ich nur seine Hand berühre?‘*, denkt sie. *‚Das ist mir noch nie passiert.‘*

‚Warum wird mir bloß so schwummrig, wenn sie meine Hand berührt?‘, denkt er. *‚Das ist mir noch nie passiert.‘*

Da ertönt in seinem Kopf die Stimme: *Woher willst du das wissen?*

„Ich weiß es einfach.“

„Was wissen Sie einfach?“

„Dass ich … dass ich Hunger habe. Hast du etwas zu essen?“

In diesem Moment öffnet sich die Tür und Leon kommt herein. Er starrt Blank an.

„Mama, das ist ja der Mann, den ich gestern auf dem Rathausplatz gesehen habe, der Freund des Malers. Kennst du ihn auch?“

„Ja, Leon, ich kenne ihn aus dem Krankenhaus.“

„Aus dem Krankenhaus? Cool.“ Zu Blank gewandt, fragt er hoffnungsvoll: „Sind Sie Arzt?“

Blank lacht. „Nein, ich bin kein Arzt. Deine Mutter hat mich gepflegt, als es mir sehr schlecht ging, aber jetzt fühle ich mich viel besser.“

Maria geht zum Kühlschrank, während Blank sich in der kleinen Wohnung umsieht. Leon beobachtet ihn misstrauisch, zugleich aber auch fasziniert. Im Flur entdeckt Blank einen Spiegel. „Bin ich das?“

Leon ist neben ihn getreten. „Ja, natürlich, das sind Sie.“

„Woher willst du das wissen? Ich glaube nicht, dass ich das bin.“

„Doch, das sind Sie. Wenn ich Ihren Arm hebe, tut der Mann im Spiegel das Gleiche, sehen Sie?“ Er hebt einen von Blanks Armen.

„Ich glaube trotzdem nicht, dass ich das bin. Der Spiegel zeigt nur, wie ich von außen aussehe, aber nicht, wer ich bin“, erwidert Blank.

„Essen ist fertig!" Die Stimme Marias unterbricht seinen Gedankengang. Leon und er betreten die Küche, wo Maria inzwischen Brot, Käse, Wurst, Gurken und Radieschen aufgetischt hat. Blank macht sich über die Sachen her.

Maria erfreut sich an seinem Appetit, den sie mit einem gesunden Appetit auf das Leben gleichsetzt.

Auch Leon langt tüchtig zu, wirft zwischen zwei Bissen verstohlene Blicke auf Blank und seine Mutter. Irgendwie hat sie sich verändert, seit der Mann da ist. Sie strahlt. Ein Klingeln an der Wohnungstür reißt ihn aus seiner Betrachtung. „Das wird Tom sein", erklärt er seiner Mutter. „Wir wollen noch in den Park, Skateboard fahren." Damit ist er verschwunden.

Maria ruft ihm vom Fenster aus hinterher: „Punkt acht bist du zu Hause, Leon."

„Ja, ja!"

Maria seufzt. Auch Blank seufzt.

„Ist mit Ihnen alles in Ordnung?", fragt sie besorgt.

Als er nicht antwortet, fährt sie fort: „Wie ich hörte, sind Sie auf eigenen Wunsch aus dem Krankenhaus entlassen worden. Dabei wissen Sie doch anscheinend immer noch nicht, wer Sie sind und wo Sie hingehören. Wo wollen Sie denn hin?"

„Hingehören? Hinwollen? Ich weiß nicht."

„Also hier können Sie jedenfalls nicht bleiben", sagt Maria, obwohl ihr Herz etwas anderes spricht.

„Keine Angst."

„Ich habe keine Angst", erwidert Maria.

Blank schaut auf den Brief, der immer noch auf dem Küchentisch liegt und denkt an das Telefonat mit Marias Exmann. „Nicht vor mir, ich meine vor der Verantwortung, die du ganz allein tragen musst."

„Woher wissen Sie das?"

Blank zuckt nur mit den Schultern und schaut auf den Brief.

„Ach das, das geht doch vielen Frauen so. Wenn der Mann erst einmal weg ist und eine neue Familie gegründet hat, will er von seiner alten nichts mehr wissen. Da hilft kein Jammern, da muss ich einfach durch."

„Einfach durch?" Er überlegt einen Augenblick. „Ich zeige dir etwas."

„Was wollen Sie mir zeigen?"

„Das wirst du gleich sehen."

„Aber nur etwas Schönes."

„Das liegt ganz bei dir. Mach einfach die Augen zu."

Maria ist unwohl bei dem Gedanken, mit einem Fremden in der Küche zu sitzen und sich ihm völlig auszuliefern.

‚Maria, bist du denn von allen guten Geistern verlassen? Hab ich dir nicht tausendmal gesagt, dass man den Männern nicht trauen kann?, ertönt die Stimme ihrer Mutter in ihrem Kopf.

‚Mama, bitte halte dich da raus', erwidert sie im Stillen und schließt die Augen. Ist es aus Trotz ihrer Mutter gegenüber oder weil sie Vertrauen zu Blank hat?

„Was ist deine größte Angst?", fragt Blank.

Erschrocken reißt Maria die Augen auf. Diese Wendung der Dinge hatte sie nicht erwartet. Blank legt ihr beruhigend eine Hand auf den Arm. „Schließ die Augen wieder."

Maria lässt die Lider mit einem Seufzer über ihre Augen sinken.

„Und nun stell dir bitte deine größte Angst vor."

Wieder öffnet Maria die Augen. „Das ist nichts Schönes. Ich will das nicht."

„Du hast doch eben noch gesagt, du musst da durch. Vertraue mir, du wirst staunen, wie gut das tut."

„In Ordnung, ich mache es, aber wenn es zu schlimm wird, ist die Sache vorbei, das musst du mir versprechen."

Blank scheint der plötzliche Wechsel in der Anrede nicht aufzufallen. „Ich verspreche es dir."

Mit geschlossenen Augen fährt Maria fort: „Mit dem Vertrauen ist es bei mir nicht weit her, seit …" Eine erste Träne quillt unter ihren geschlossenen Lidern hervor.

„Seit dein Mann dich verlassen hat. Ich weiß." Nach einer Weile spricht er weiter: „Wie sieht deine Angst aus? Wie heißt sie? Heißt sie Angst vor Einsamkeit? Angst vor dem Verlassenwerden? Angst vor Enttäuschung?"

Man kann deutlich sehen, dass Blank einen Nerv getroffen hat, denn Marias Augen flattern nervös, die Stirn liegt in Falten und ihre Lippen presst sie fest aufeinander.

„Es ist alles gut", versucht Blank sie zu beruhigen. „Hab keine Angst vor der Angst. Sie ist nur ein Schatten, ohne eigene Substanz. Sie kann dir nur etwas tun, wenn du ihr den Rücken zukehrst und vor ihr davon läufst. Dann wird sie dich ein Leben lang verfolgen. Stell dir einfach eine große Seifenblase vor, in die du deine Angst steckst."

Maria lacht. Seifenblasen hatte sie als Kind über alles geliebt. Blank redet weiter: „Schau sie dir an. Die Angst steckt in der Seifenblase und kann nicht heraus. Frag sie, wie sie heißt. Sie möchte dir etwas zeigen, das du verdrängt hast, das aber in dir wirkt, obwohl du gar nichts davon weißt. Sie zeigt dir etwas, das du noch nicht erlöst hast."

„Ist das herrlich! Vor mir schwebt eine riesengroße Seifenblase und ich stehe mit nackten Füßen im Gras. Ich bin wieder Kind. Ich trage mein rotes Lieblingskleid. Ich lache, ich bin glücklich. Aufgeregt will ich die Seifenblase umarmen, aber sie gleitet mir immer durch die Hände. Und jedes Mal, wenn sie mir entwischt, lache ich vor Freude laut auf. Das Leben ist schön. Es ist so schön. Die Blase schwebt davon, ich laufe ihr hinterher. Alles ist so leicht.

Doch der Himmel verdunkelt sich, schwere, graue Wolken ziehen auf, in der Ferne ertönt ein erstes Donnergrollen. In der Seifenblase sehe ich plötzlich meine Mutter. Sie ist unglücklich, ihr Gesicht ist eingefallen. Sie sieht viel zu alt aus für ihre dreißig Jahre. Es scheint, als laste eine Zentnerlast auf ihren Schultern – nein, auf ihrem Herzen."

Siehst du deine Angst?

„Wer spricht da?"

Ich bin deine innere Stimme. Siehst du deine Angst?

„Nein, ich sehe meine Mutter. Jetzt sagt sie etwas. Ich kann sie nicht verstehen, ich muss näher zu ihr hin. Die Seifenblase ist verschwunden. Ich laufe mit ausgebreiteten Armen auf meine Mutter zu. Als sie mich umarmt, fühle ich ihre Traurigkeit wie einen Eisblock, in dem ihr Herz erfroren ist und in dem auch meines zu erfrieren droht.

Ich mache mich los. ‚Mama, Mama, was ist denn?'

‚Ach mein Kleines, ich will dir nur zeigen, wovor du Angst hast, damit du nicht dasselbe Schicksal erleiden musst wie ich.'

Mit diesen Worten zeigt ihr ausgestreckter Arm auf etwas in der Ferne ... auf einen Schatten.

Ich schaue mir diesen Schatten genauer an. Es ist mein Vater, dessen Gesicht ich nicht erkennen kann. Ich sehe nur etwas Graues um ihn herum und weiß, das ist Angst."

Er hat Angst – Angst vor Verantwortung, Angst davor, etwas zu verpassen und sich an eine Frau zu binden, obwohl er doch so viele haben könnte.

„Er hat Angst? Er hat uns aus Angst verlassen?

Ich sehe, wie meine Mutter zu ihm läuft, die Arme sehnsüchtig nach ihm ausgestreckt. Sie verliert beim Laufen einen Schuh, ihr buntes Sommerkleid zerreißt, als es in einem Busch hängenbleibt. Sie schreit: ‚Bleib, bitte bleib! Bitte bleib!' Dann fällt sie hin und liegt schluchzend auf dem Boden. Ich weiß, sie wird nie mehr aufstehen. Davon wird sie sich nie wieder erholen.

Mein Vater winkt traurig lächelnd in unsere Richtung. Er verschwindet. Sein Schatten aber, der wird das Leben meiner Mutter und damit meines über viele Jahre hinweg bestimmen. Ich weiß das einfach.

Und ich weiß noch etwas: Ich will nicht enden wie meine Mutter. Ich werde nicht zulassen, dass ein Schatten mein Leben bestimmt. Ich schaue nach oben, in der dichten Wolkendecke hat sich eine Lücke aufgetan, durch die ein erster Sonnenstrahl dringt. Meine Mutter ist verschwunden, ich stehe allein auf der Wiese und laufe auf den Sonnenstrahl zu. Ich tanze im Licht … in meinem roten Lieblingskleid."

Maria reißt ruckartig die Augen auf. „Ich habe im Licht getanzt!"

„Wunderbar."

„Ich habe gesehen, dass mein Vater meine Mutter verlassen hat, als ich noch klein war."

„Hat deine Mutter je mit dir darüber geredet?"

„Nein, immer wenn ich gefragt habe, wo Papa ist, hat sie gesagt, er sei tot. Als ich später herausfand, dass das nicht der Wahrheit entspricht, hat sie nur gesagt, die Vergangenheit sei vorbei und es bringe nichts, alte Wunden aufzureißen."

„Es stimmt, dass die Vergangenheit äußerlich vorbei ist, aber wir tragen sie als Erinnerung in uns, als Muster, das unser gesamtes Leben bestimmen kann. Hat sich denn deine Mutter jemals mit dem Schmerz auseinandergesetzt?"

„Nein, sie hat ihn nur verdrängt. Sie wollte nicht daran erinnert werden."

„Aber der Schmerz ist da und sucht nach einem Weg, um von uns erkannt zu werden – zum Beispiel, indem er als Krankheit versucht, unsere Aufmerksamkeit zu erregen."

„Meine Mutter hatte Leberkrebs, zum Glück ist sie geheilt."

„Ist sie das? Hat sie denn je ihre Wut und Frustration ausgedrückt?"

„Natürlich nicht, sie musste ja für mich da sein. Es war für sie nicht so leicht, uns beide durchzubringen." Maria spürt, wie etwas in ihr an die Oberfläche drängt. Wut? Angst? Trauer? Aber da ist noch etwas anderes. Liebe? Dankbarkeit? Oder alles zusammen?

„Warum wiederholst du ihr Muster?" Blank sagt es nur langsam, fast zögerlich. Er möchte Maria nicht verletzen.

„Tu ich das denn?"

Statt eine Antwort zu geben, sieht sich Blank suchend um, nimmt zwei Brötchen aus dem Brotkorb und einen Keks aus der Keksdose.

„Stell dir vor, dieses Roggenbrötchen ist dein Vater. Und dieses Rosinenbrötchen deine Mutter. Der Schokoladenkeks bist du."

Maria muss lachen, mit einem Schokoladenkeks ist sie noch nie verglichen worden.

„Leg jetzt deinen Vater und deine Mutter irgendwohin auf den Tisch."

Maria muss nicht lange nachdenken. Sie platziert das Rosinenbrötchen in die Mitte des Tisches, das Roggenbrötchen an den Rand.

„Nun leg dich dazu."

Sie legt den Schokoladenkeks direkt neben das Rosinenbrötchen.

„Siehst du?"

„Was?"

„Siehst du, wie nah du dich neben deine Mutter gelegt hast und wie weit dein Vater von euch entfernt ist?"

Maria nickt.

„Jetzt wiederhole das mit deinem Exmann, Leon und dir."

Maria muss nicht lange nachdenken. Sie ändert nichts. „Es ist dieselbe Konstellation."

„Interessant, oder?"

Maria beginnt langsam ein Licht aufzugehen. „Es ist dieselbe Konstellation!" wiederholt sie verblüfft.

„Kann es sein, dass du die Muster deiner Mutter übernommen hast? Kann es sein, dass deine Mutter deinen Vater sehr geliebt und jedes Vertrauen in Männer verloren hat, als er sie verließ? Ist es dir nicht genauso ergangen?"

„Irgendwie schon."

„Aber warum hast du das getan? Glaubst du, es ist reiner Zufall, dass viele Alkoholiker alkoholabhängige Eltern haben? Glaubst du, es ist reiner Zufall, dass gewalttätige Menschen gewalttätige Eltern haben? Glaubst du ..."

Überfordere sie nicht. Geh behutsam vor. Sie versteht, worauf du hinaus willst. Lass ihr etwas Zeit.

Maria schluchzt leise vor sich hin. Blank legt liebevoll einen Arm um ihre Schultern.

Das Resonanzfeld ihrer Mutter hat ihre gesamte Kindheit beherrscht. Indem die Mutter alle Männer aus ihrem Leben verbannte, beraubte sie sich jeder Möglichkeit, geliebt zu werden.

Blank flüstert Maria leise zu: „Auch deine Mutter hat sich sicher nach einem Mann gesehnt, aber ihre Angst vor Enttäuschung war stärker. Diesen Zwiespalt hat sie nie aufgelöst und du hast ihn übernommen, weil du ihn bereits als kleines Kind verinnerlicht hast. Wenn du ihn nicht löst, vererbst du ihn weiter an die nächste Generation, an Leon. Willst du das?"

Maria schaut ihn aus tränennassen Augen verständnislos an. „Natürlich nicht. Wie kann eine Mutter sich so etwas wünschen? Ich möchte, dass Leon glücklich ist." Kaum hörbar fügt sie hinzu: „Und ich möchte auch glücklich sein. Endlich einmal glücklich sein."

Blank drückt sie fest an sich und sie lässt es geschehen. „Alles weist zwei Seiten auf. Weil du Leon ohne Hilfe großziehen musstest, hast du entdecken können, wie viel Kraft in dir steckt. Mach dir das bewusst! Du bist nicht nur ein Opfer, nicht nur die ewige Verliererin, du bist die Siegerin. Du bist stark geworden, unabhängig, selbstständig. Dazu hättest du dich möglicherweise nicht entwickelt mit einem Mann an deiner Seite."

Die Wohnungstür öffnet sich. Hastig fügt Blank hinzu: „Wenn du dir dieser Kraft bewusst wirst und dir die Angst anschaust, ohne sie zu bewerten oder abzulehnen, dann wird sie neutralisiert und spielt keine Rolle mehr in deinem Leben. Ich glaube fest daran, dass du das Muster durchbrichst und für dich und Leon eine bessere Zukunft erschaffen kannst."

Er greift nach dem Schokoladenkeks und beißt herzhaft hinein. Die Tür springt auf und Leon kommt herein. Er spürt, dass irgendetwas

Wichtiges vorgefallen sein muss. „Haben Sie Mama jetzt auch geholfen, so wie Sie dem Maler geholfen haben?"

„Was meinst du, Leon?"

„Erst war der Maler traurig, dann sah er ganz glücklich aus. Und als ich ging, warst du traurig, Mama, und jetzt siehst du richtig glücklich aus."

Maria drückt ihn wortlos an sich. „Ich bin glücklich, mein lieber Leon. Ich bin sogar sehr glücklich."

„Cool. Schlaft gut", ruft Leon und geht vergnügt pfeifend in sein Zimmer, schiebt sein Skateboard unter das Bett. Er sehnt sich nach einem Vater. Und der Mann, der neben seiner Mutter sitzt, scheint nicht übel zu sein.

Maria und Blank schauen sich wortlos an. Ihre Hände finden auf dem Küchentisch zueinander. Lange verharren sie so, denn für das, was jetzt zwischen ihnen passiert, gibt es keine Worte.

Kapitel 11

Drachen, Sonne und Schatten

„Guten Morgen. Gut geschlafen?“ ruft Maria bestens gelaunt, als sie hört, wie Blank sich auf dem Sofa im Wohnzimmer rekelt.

„Wie ein Stein“, antwortet Blank. Er gähnt ausgiebig und reckt sich. „Obwohl ich nicht weiß, wie Steine schlafen. Und selbst?“

„Wie ein Murmeltier“, antwortet Maria. „Dabei weiß ich gar nicht, wie Murmeltiere schlafen.“ Beide lachen.

„Kann ich duschen?“, fragt Blank.

„Ich habe dir alles ins Bad gelegt. Auch einen Rasierer.“ Rasch merkt sie an: „Eine Erinnerung an meinen Exmann. Nicht, dass du denkst, ich behielte ihn für Herrenbesuche in Reserve.“

Blank schüttelt stumm den Kopf.

Während Maria das Frühstück macht, geht Blank ins Bad, duscht, wäscht sich die Haare und rasiert sich.

„Eine Jeans, einen Sommerpullover und einige andere Sachen von meinem Mann liegen auch bereit. Sie riechen etwas muffig, sollten aber passen“, ruft Maria aus der Küche.

Als Blank aus dem Badezimmer kommt, staunt Maria, denn rasiert und mit frisch gewaschenen Haaren sieht er noch besser aus als vorher. Sie lächelt ihn an.

„Schön siehst du aus, Blank.“

„Schön siehst du aus, Maria.“

Verlegen gießt sie Tee auf. „Ich hoffe, du magst Grüntee. Ich habe nämlich keinen Kaffee im Haus. Mein Ex war starker Kaffeetrinker, seit der Trennung wird mir übel, wenn ich ihn nur rieche."

„Ich weiß nicht, ob ich Grüntee mag, aber ich werde es sicher gleich herausfinden."

Wieder lachen beide. Mit Blank ist alles so leicht. Maria genießt seine Unkompliziertheit, seine Art, Kind zu sein, ohne kindisch zu wirken. Viele Männer, die sie kennt, tun nach außen erwachsen, benehmen sich aber oft wie Kleinkinder, wenn man mit ihnen alleine ist. Und nun? War sie wirklich glücklich? Brauchte es dazu nur so wenig?

Maria, Glück ist keine Sache der Umstände, Glück ist eine Sache der Einstellung, ertönt in ihrem Innern die Stimme von gestern. *Ob du glücklich bist oder nicht, hängt nicht davon ab, was du tust oder hast, sondern von deiner Einstellung, von dem, was du denkst und fühlst.*

„Du bist glücklich, oder?", fragt Blank.

„Ja, ich bin glücklich und ich glaube, es hat mit dir zu tun."

„Ich bin nur der Anlass, die Ursache liegt in dir, Maria. In dir ganz allein."

In diesem Augenblick rauscht Leon in die Küche.

„Hallo, Zauberer", begrüßt er Blank und wendet sich atemlos an seine Mutter. „Mama, das wird heute nichts mit Drachen steigen lassen. Guck nur, die Schnüre sind total verknotet, ein einziges Chaos."

„Wie passend, dass ich zufällig die Gabe besitze, mit meinen magischen Händen Schnüre zu entwirren", wirft Blank ein.

Leon schaut ihn an: „Hätte ich mir denken können, dass du das kannst." Zu seiner Mutter gewandt, ergänzt er: „Er kann einfach alles, Mama. Ich glaube, dass er ein echter Zauberer ist."

„Nein, er ist sicher kein Zauberer, Leon", wiegelt Maria ab. „Und jetzt lasst uns erst einmal etwas essen, danach reden wir weiter."

„Ist er wohl, Mama!" So leicht lässt sich Leons Begeisterung nicht abstellen. Während er sich eine Scheibe Brot in den Mund stopft, nuschelt er: „Farnwörheutanse?"

„Was?"

Hastig schluckt Leon das halb gekaute Brot herunter und wiederholt deutlich: „Fahren wir heute an den See?"

„Hättest du Lust mitzukommen?", fragt Maria Blank.

„Ich habe sogar große Lust!"

Am See angekommen, setzen sich die Drei auf eine Wiese unter eine alte Eiche, die genügend Schatten spendet. Maria packt Picknicksachen aus, während Blank die verknoteten Schnüre des Lenkdrachens weiter entwirrt und Leon wie ein wild gewordenes Kaninchen auf und ab rennt und alle möglichen Kapriolen macht. Einmal versucht er einen Handstand – nur um lachend auf den Rücken zu fallen; einmal schlägt er ein Rad – nur um kichernd auf dem Bauch zu landen.

„Leon, der Drachen ist fertig. Es kann losgehen", ruft Blank. „Natürlich nur, wenn du willst!"

„Nur wenn ich will? Wühlen Schweine im Dreck? Und ob ich will, großer Zauberer."

Mit einem Satz ist er bei Blank, nuschelt ein undeutliches „Danke", packt den Drachen, läuft damit ein paar Schritte und legt ihn so auf den Boden, dass er sich mit einem Ruck an den Schnüren in die Lüfte erheben kann. Hastig nimmt Leon Blank die Lenkgriffe aus der Hand und reißt an den Schnüren. Der Drachen erhebt sich in die Lüfte und hätte Leon fast mit in die Höhe gerissen, wenn Blank ihn nicht noch in letzter Sekunde festgehalten hätte.

„Schon gut, ich hab den Bogen raus!", schreit Leon begeistert. Blank lässt ihn los und schlendert langsam zur weit ausladenden Eiche hinüber, unter der Maria auf einer Decke sitzt und den beiden zuschaut. Sie reicht Blank einen Pfirsich, in den er so herzhaft hineinbeißt, dass ein Teil des Saftes auf Marias Gesicht spritzt.

„Entschuldige, bitte." Blank wischt Marias Wange vorsichtig mit einem Taschentuch ab. *Wie zart ihre Haut ist*, denkt er.

„Schau dir bloß einmal den Leon an. Wie glücklich er ist, wie vollkommen er in der Gegenwart ist und total in dem aufgeht, was er tut. Das können nur sehr wenige Erwachsene, aber für die meisten Kinder ist es bis zu einem gewissen Alter selbstverständlich."

„Das stimmt. Ich kann mich daran erinnern, dass ich mich stundenlang mit Blättern und Käfern beschäftigen konnte", sagt Maria träumerisch.

„Uns Erwachsenen ist diese Fähigkeit verloren gegangen. Die meisten Menschen leben gedanklich entweder in der Vergangenheit – der sie nachtrauern – oder in der Zukunft – vor der sie sich fürchten oder auf die sie hoffen. Doch das Leben findet nur in der Gegenwart statt. Wer nicht in der Gegenwart lebt, der verpasst sein ganzes Leben."

„Ja, das kenne ich", wirft Maria ein. „Die Sonne kann noch so strahlen, dennoch denke ich in meiner Freizeit oft an die Arbeit und kann den Tag nicht recht genießen."

„Genau. Wenn ich ständig an die denke, verpasse ich die Gegenwart. Man ist jedoch weder morgen noch gestern glücklich, sondern jetzt oder nie."

Leon probiert inzwischen die verschiedensten Flugmanöver aus, und immer, wenn ihm ein besonders spektakuläres gelingt, schreit er vor Freude auf. Von Blank und seiner Mutter nimmt er überhaupt keine Notiz mehr. Er geht völlig auf in seinem Tun.

„Er scheint äußerst glücklich zu sein. Aber er ist ja auch ein Kind. Als Erwachsene, noch dazu als alleinerziehende Mutter, ist es viel schwerer, in der Gegenwart zu leben und nicht an das Morgen zu denken."

„Leon ist dein Spiegel, in dem du sehen kannst, wie das Glücklichsein funktioniert. Wenn du zulässt, dass er glücklich ist, zeigt er auch dir den Weg zum Glück. Schau genau hin. Was tut er gerade?"

„Na, er lässt seinen Drachen steigen."

„Und wie macht er das?"

„Mal zieht er mehr an der einen, mal mehr an der anderen Schnur. So beeinflusst er, in welche Richtung der Drachen fliegt."

„Und warum fliegt der Drachen?"

„Weil ein Wind weht?“
„Warum noch?“
Maria schaut ihn verwundert an. Mit seiner unschuldig kindlichen Art zwingt Blank sie immer wieder, die Dinge aus einem anderen Blickwinkel zu betrachten.
„Na, weil er ihn hält.“
„Eben. Er hält den Drachen, der vom Wind in die Höhe getrieben wird, im Gleichgewicht. Es braucht also sowohl die Auftriebskraft, die den Drachen steigen lässt, als auch die Zugkraft, die dafür sorgt, dass er nicht davon fliegt. Er hat herausgefunden, wie er diese beiden Kräfte ins Lot bringen kann. Deshalb lenkt er den Drachen mit dieser scheinbaren Mühelosigkeit.“
Leon lässt den Drachen ein weiteres waghalsiges Manöver fliegen. „Habt ihr das gesehen? Wahnsinn! Das hab ich noch nie geschafft!“, schreit er.
„Sieh nur, wie glücklich er ist. Und wenn ein Kind das kann …“
„… dann sollte seine Mutter das wohl auch können, nicht wahr?“, beendet Maria den Satz.
Blank strahlt Maria an. „Gibst du mir noch einen Pfirsich?“
„Nur wenn du mir versprichst, wieder ordentlich zu spritzen“, erwidert Maria lachend.
Nachdem Blank auch diesen Pfirsich gegessen hatte – dieses Mal ohne Zwischenfälle – wendet er sich an Maria: „Magst du noch einmal die Augen schließen?“
„Kann ich dir denn vertrauen?“ fragt Maria scherzend.
„Bitte.“
Maria schließt die Augen. Es ist deutlich zu sehen, wie sich ihre Gesichtszüge entspannen. Auch Blank schließt die Augen, sagt nichts. Er scheint zu warten. So sitzen die beiden ein paar Minuten lang still da. Ein aufmerksamer Zuhörer könnte das Pochen zweier Herzen hören, die im selben Rhythmus schlagen.

„Erinnerst du dich, welche Stärken du aufgrund deiner Situation als Alleinerziehende entwickelt hast? Stell dir eine Situation vor, in der du deine Stärke gespürt hast, und erlebe sie noch einmal."

Ich befinde mich im Büro des Personalchefs des Städtischen Krankenhauses. Er sitzt hinter seinem Schreibtisch, ich stehe davor. Er bittet mich nicht, Platz zu nehmen. Ich spüre, wie ich wütend werde, setze mich unaufgefordert hin. Er nimmt es mit einem leichten Stirnrunzeln zur Kenntnis und blättert geistesabwesend in meinen Bewerbungsunterlagen. Er scheint etwas gefunden zu haben, was ihm gefällt, denn seine Miene hellt sich auf.

„Ich lese hier, dass Sie einen vierjährigen Sohn haben, Frau …" Er muss noch einmal auf das Bewerbungsschreiben schauen. „Frau Schanzenbach."

„Ja, genau, er heißt Leon und ist mein ganzer Stolz."

„Stolz. So, so. Wie ich ferner sehe, sind Sie geschieden."

„Seit dem letzten Jahr, das ist richtig."

„Aber Frau …" Wieder muss er in die Unterlagen schauen.

Meine Wut wird immer größer.

„Schanzenbach, ich heiße Maria Schanzenbach."

Er nimmt meinen gereizten Ton nicht zur Kenntnis. Vermutlich gehört das zu seinen Machtspielchen. Ich atme weiter tief durch. *Maria, lass dich jetzt bloß nicht provozieren. Vielleicht ist das alles nur ein Test, um zu sehen, wie belastbar du bist. Du weißt doch, dass bei Einstellungsgesprächen immer mehr Psychotricks angewendet werden, um die Bewerber aus der Reserve zu locken,* sage ich zu mir.

„Meine liebe Frau Schanzenbach, nehmen wir einmal an, der Kleine wird krank? Wer wird sich dann um ihn kümmern?"

„Na, ich natürlich. Ich bin schließlich seine Mutter."

„Ja, sicher. Aber Sie müssen auch die Position Ihres zukünftigen Arbeitgebers verstehen. Wenn Ihr Sohn erkrankt, würden Sie uns doch fehlen."

„Er ist ein sehr robustes Kind und bisher praktisch nie krank gewesen."

„Aha, praktisch nie. Aber wenn er doch einmal krank wird und Sie für längere Zeit ausfallen, was machen wir dann?"

„Was *ich* dann mache? Ich organisiere Hilfe. Das tue ich seit seiner Geburt. Glauben Sie ernsthaft, mein Exmann wäre mir bei solchen Sachen eine große Hilfe gewesen, wäre nachts aufgestanden und hätte Leon über den Kopf gestreichelt, wenn er nicht schlafen konnte? Außerdem kann ich mich auf Freunde, Bekannte sowie auf meine Mutter verlassen."

„Ja, aber damals hatten Sie noch Ihren Mann, der in einem echten Notfall doch sicherlich eingesprungen wäre. Ist denn kein Neuer in Sicht?"

Hört er mir überhaupt zu? Habe ich nicht soeben verdeutlicht, dass er mir keine Hilfe war? So langsam bekomme ich das Gefühl, gegen eine Wand zu reden. Ich atme tief durch, nehme all meinen Mut zusammen und sage: „Jetzt hören Sie mir einmal genau zu: Ich komme sehr gut mit meinem Leben, meiner Arbeit und meinem Sohn zurecht. Wie viele Männer kennen Sie denn, die zu Hause bleiben würden, wenn ihr Kind krank ist? Können Sie mir ein Beispiel nennen?"

Meine kämpferische Art scheint ihm zu gefallen, denn er nickt anerkennend und notiert sich etwas. *Jetzt nur nicht einknicken, Maria. Kämpf um deinen neuen Job. Kämpf für Leon. Kämpf für dich.*

„Wenn Sie mir auch nur einen einzigen Mann nennen können, ziehe ich meine Bewerbung zurück und gebe mich geschlagen. Aber wenn nicht, dann bin ich genau die Richtige für Sie. Wer kann denn Verantwortung besser übernehmen als eine alleinerziehende Mutter?"

Ein anerkennendes Lächeln huscht über sein Gesicht. Er steht auf und streckt mir die Hand entgegen. „Frau Schanzenbach, Sie bekommen den Job. Herzlich willkommen in unserem Team!" Dieses Mal musste er meinen Namen nicht nachlesen. Es hatte sich gelohnt, selbstbewusst für Leon und mich einzutreten. Ein wunderbares Gefühl!

Blank beobachtet fasziniert, wie sich auf Marias Gesicht die verschiedensten Emotionen abwechseln. Angst, Wut, Frustration, Erleichterung, Freude, Glück ziehen in einem bunten Reigen über ihr Gesicht. In diesem Augenblick öffnet sie die Augen.

„Meine Güte, das hatte ich ja schon fast vergessen. Ist ja auch schon ein paar Jahre her."

„Sechs Jahre."

Maria wundert sich nicht einmal mehr, woher Blank das weiß. Mittlerweile kann sie nichts mehr überraschen.

„Wie selbstbewusst ich damals aufgetreten bin! Ich war aber auch wirklich verzweifelt, es stand so viel für uns auf dem Spiel."

„Das ist die andere Seite der Medaille, die andere Seite des Alleinseins. Das ist die Kraft, die du entwickelt hast, weil du dich an niemanden anlehnen konntest. Das ist das Selbstvertrauen, das in dir gewachsen ist, weil du dich auf niemanden außer dir selbst verlassen konntest. Wenn du deine Kraft und dein Selbstvertrauen annimmst, dann hat die Angst ihre Aufgabe erfüllt, sie wird nicht mehr gebraucht. Denn sie war nichts weiter als der Schatten deiner Stärke. Solltest du das nächste Mal Angst verspüren, weißt du, dass diese Angst dich nur an deine Stärke erinnern will."

„So einfach ist das?"

„Wenn du vor der Angst nicht mehr davonläufst, hat sie keine Macht mehr über dich. Du hast sie neutralisiert und kannst ihren Gegenpol ausleben." Leise fügt Blank hinzu: „Das gilt natürlich für alle Ängste. Auch für die Angst vor Männern."

Maria lächelt. Weiß Blank eigentlich, wie sehr er ihr Herz schon gewonnen hat? Weiß er überhaupt, dass sie in seiner Gegenwart überhaupt keine Angst verspürt?

Sie sieht Leon über die Wiese rennen, er lacht, schreit, singt, zerrt an den Leinen seines Drachens und feuert ihn an, als ob er ihn hören könnte. „Höher, ja, gut so! Höher! Noch höher! Und jetzt im Sturzflug! Lass es krachen, mach sie alle fertig!" Dabei ist niemand in der Nähe, der fertiggemacht werden müsste. Er wird sich so lange austoben wie möglich, anschließend wird er mit letzter Kraft zu seiner Mutter gehen, einfach umfallen und einschlafen.

„Leon kann sich so fallen lassen, weil er spürt, dass du dich entspannst, Maria. Er braucht nicht mehr auf dich aufzupassen."

„Er auf mich aufpassen?"

„Viele Kinder kommen nie zur Ruhe, denn sie meinen, sich stets um ihre Eltern kümmern zu müssen."

„Aber Leon?"

„Auch Leon", bestätigt Blank. „Momentan spürt er allerdings, dass du ausgeglichen bist. Also kann er loslassen und einfach Kind sein." Er schaut Maria tief in die Augen. „Wie fühlst du dich?"

„Ich bin glücklich."

„Glücklich", wiederholt Blank verträumt. „Dabei hast du dich doch nur an etwas erinnert, was vor ein paar Jahren geschehen ist. Ahnst du jetzt, welche Macht unsere Gedanken besitzen? Sie können …"

Seine Stimme bricht plötzlich ab, ein geistesabwesender Ausdruck legt sich über sein Gesicht. Unerwartet ziehen die düsteren Schatten der Erinnerung auf.

„Blank? Was ist mit dir?" Maria schüttelt ihn, aber es kommt keine Reaktion. Blank ist bereits in einer anderen Welt.

Ich komme früher als sonst nach Hause, öffne leise die Haustür, weil ich Karen, meine Frau, überraschen will. Ich ziehe die Schuhe aus, schleiche ins Wohnzimmer, halte inne, als ich ihre erregte Stimme höre. „Nein, ich hab es dir schon tausendmal gesagt. Du sollst mich hier nicht … Nein … Willst du alles aufs Spiel setzen? … Und was, wenn er dahinter kommt? Gib mir noch etwas Zeit. Ich habe ihn bald so weit …" Blank stößt sich den Fuß am Schuhschrank. Karen muss es gehört haben, sie beendet hastig das Gespräch und springt auf. „Hallo Liebling, so früh …?"

„Blank, was ist los?" Maria schüttelt ihn und Blank kehrt keuchend in die Gegenwart zurück. Er hält sich den schmerzenden Kopf. „Kopfschmerzen. Ich hatte eine weitere Erinnerung, und immer wenn ich anfange, mich zu erinnern, bekomme ich diese wahnsinnigen Kopfschmerzen."

„Komm, leg dich hin. Ich massiere dir die Schläfen. Gleich geht es dir besser."

Sie beginnt mit sanften, kreisenden Bewegungen seine Schläfen zu massieren. Nach einer Weile fragt sie: „Stört es dich eigentlich nicht, dass du nicht weißt, wer du bist?"

Noch ganz benommen antwortet Blank: „Doch, das tut es. Manchmal fühlt es sich an, als hätte ich eine Schmerzspritze bekommen und in mir wäre alles taub geworden. Andererseits ist es wunderbar. Ich fühle mich dann so leicht, so frei. Ist nicht unsere Vergangenheit oft wie eine schwere Kette, die wir mit uns herumschleppen und die uns daran hindert, zu tanzen?"

„Ich liebe es zu tanzen", antwortet Maria.

„Dann tun wir es doch."

„Hier und jetzt?"

„Genau!"

„Aber wenn uns jemand sieht?"

„Sagen wir einfach, wir sind aus dem Irrenhaus geflüchtet."

Maria schlägt die Hand vor den Mund. Sie findet es wunderbar, spontan das zu tun, was einem in den Sinn kommt.

Blank steht auf und verbeugt sich vor ihr.

„Darf ich bitten, Prinzessin?"

„Aber gern, mein Frosch."

„Wieso denn Frosch?"

„Wenn ich dich küsse …"

Die beiden tanzen.

Aus der Ferne schaut ein älteres Ehepaar zu. „Herrlich, so jung und so verrückt. Die Zwei müssen sich sehr gern haben", meint die Frau zu ihrem Mann. Der umarmt sie schweigend mit leuchtenden Augen.

Leon läuft auf Maria und Blank zu. Anstatt vor Erschöpfung umzufallen, zieht er an Blanks Arm und zeigt auf den Drachen, der am Boden liegt. „Willst du auch mal?"

„Na klar will ich!"

Blank springt über die Wiese, Leon hinterher. Im Laufen dreht Blank sich um. „Hat dir dein Vater beigebracht, wie man einen Drachen lenkt?", fragt er keuchend.

„Nee, der hatte doch nie Zeit. Das hab ich mir alles selbst beigebracht", entgegnet Leon, nach Luft schnappend.

„Respekt, Leon."

Blank packt die Lenkgriffe und zerrt an den Leinen. Der Drachen steigt lustlos ein paar Meter in die Höhe, verharrt dort, stürzt schließlich mit einem Krachen zu Boden.

Leon lacht laut auf, Blank lacht mit. Maria ruft ihnen von Weitem zu: „Gar nicht so einfach, was?"

„Ach was, wir wachsen an unseren Herausforderungen!", ruft Blank zurück. An Leon gewandt sagt er: „Hilfst du mir?"

„Klar doch."

Leon hält den Drachen in den Wind und Blank bewegt sich etwas rückwärts, damit sich erst die Leinen straffen, bevor er an ihnen reißt.

„Jetzt nach rechts. Ja, gut, aber nicht so stark. Ganz sanft. Nein, nein, jetzt mehr nach links. So ist es besser. Du musst spüren, wo der Drachen hin will und woher der Wind weht."

„Ich versuch's ja."

Leon ist sichtlich stolz darauf, dass er einem Erwachsenen etwas beibringen kann.

„Das geht mächtig in die Arme", ächzt Blank nach einer Weile. „Der Nacken tut mir vom ständigen Hochstarren auch weh. Eins weiß ich genau, ich bin mit Sicherheit über dreißig, sonst würde mir nicht alles so wehtun."

Leon lacht und ruft übermütig: „Mach besser eine Pause, alter Mann."

Erschrocken schaut er Blank an. Ist er zu weit gegangen? Aber entweder hat er es nicht gehört oder es stört ihn nicht.

Blank fällt erschöpft ins Gras. Leon hockt sich daneben.

„Und das hast du dir selbst beigebracht? Also, darauf kannst du wirklich stolz sein."

„Ja, schon, aber mir wäre es lieber gewesen, mein Papa hätte es mir gezeigt."

„Hat er aber nicht, Leon. Doch das, was du geschafft hast, das ist Wirklichkeit. Du hast etwas, worauf du stolz sein kannst."

Nach einer Weile sagt Leon unvermittelt: „Mama und Papa haben sich oft gestritten. Meistens meinetwegen."

„Deinetwegen?"

„Ja, meist ging es darum, was ich alles falsch mache, wie viel ich koste und so weiter."

„Das hat deine Mutter gesagt?"

„Nein, die doch nicht, die hat mich immer verteidigt. Deshalb gab es ja auch immer Streit."

„Aber nicht deinetwegen, Leon. Die beiden hatten Probleme miteinander. Sie waren mit der gesamten Situation überfordert. Du trägst keine Schuld."

„Tu ich doch!"

„So etwas wie Schuld gibt es eigentlich gar nicht, Leon."

„Warum ist er dann weg?"

„Weil sich deine Mutter und er nicht mehr geliebt haben. In so einem Fall ist es ratsam, sich zu trennen. Wünschst du dir, dein Vater wäre heute hier?"

Leon überlegt kurz und lacht. „Nee, dann wärst du ja nicht hier. Und ich hätte nicht zusehen können, wie du es hingekriegt hast, den Drachen gleich zwei Mal hintereinander abstürzen zu lassen. Das schafft nicht einmal Tom. Und der kann ziemlich schusselig sein."

„Wollen wir noch einmal? Ich wette, dieses Mal stürzt er mir nicht ab."

Nach einem weiteren Fehlversuch bleibt der Drachen endlich in der Luft.

„Du kannst es! Du kannst es!“, ruft Leon begeistert.

„Klar kann ich es“, schreit Blank zurück. „Bei so einem Lehrer ist das schließlich keine Kunst!“

Leon strahlt. Er scheint vor Blanks Augen zu wachsen. Liegt es daran, dass er von einem Mann gelobt wird?

Blank versucht den Drachen sanft zu landen, er stürzt jedoch erneut ab. „Na ja, es ist eben noch kein Meister vom Himmel gefallen“, kommentiert Blank. Er setzt sich völlig außer Atem, aber glücklich ins Gras und massiert sich die schmerzenden Schultern und den Nacken.

„Tut es sehr weh?“, fragt Leon.

„Es geht und auf jeden Fall war es das wert“, erwidert Blank lachend. Nach einer kurzen Erholung schließt er mit einem in sich gekehrten, träumerischen Gesichtsausdruck die Augen. Er scheint auf etwas zu lauschen. Nach ein paar Minuten öffnet er die Augen, schaut Leon direkt an und fragt: „Darf ich dir eine Sache zeigen?“

„Klar. Was denn?“

„Dreh dich einfach um und stell dich mit dem Gesicht zur Sonne.“

„Augen auf oder zu?“

„Schließe sie und spüre, wie die Sonnenstrahlen dein Gesicht wärmen. Wie fühlt sich das an?“

„Warm. Gut.“ Und nach einer kurzen Pause: „Irgendwie schön.“

„Siehst du etwas?“

Leon will die Augen öffnen.

„Nein, nein, ich meine, siehst du etwas mit geschlossenen Augen?“

„Farben, Licht, Formen.“

„Siehst du auch den Schatten?“

„Welchen Schatten?“

„Schau einmal hinter dich. Kannst du jetzt den Schatten sehen?“

„Na klar, der ist ja direkt vor mir auf dem Boden.“

Maria beobachtet die beiden. Wohin mag das führen? Was hat Blank vor? Auch sie wendet sich der Sonne zu, schließt die Augen und genießt die Wärme. Als sie sich umdreht und auf ihren Schatten schaut, wird ihr kalt. Das Gefühl ist ihr unangenehm.

„Wir sehen meistens nur eine Seite: entweder die helle, das Licht, das Positive oder die dunkle, den Schatten, das Negative. Aber sie treten immer beide auf. Du musst dich nur umdrehen, um die andere Seite sehen zu können", sagt Blank.

Leon dreht sich. Licht, Schatten, Licht, Schatten, Licht, Schatten. Schließlich dreht er sich so schnell, dass Licht und Schatten Eins zu werden scheinen, bis er anhält, sich so zur Seite wendet, dass er die Sonne und den Schatten gleichzeitig sehen kann.

„Licht und Schatten gehören zusammen. Sie ergeben ein Ganzes. Du nimmst den Schatten nur wahr, weil dir die Sonne auf den Rücken scheint. Alles Negative besitzt also gleichermaßen etwas Positives. Wie das, was du mit deinem Papa erlebt hast."

„Wie mit meinem Papa?"

„Was du mit ihm erlebt hast, hat auch positive Seiten. Du kannst sie jetzt nur nicht sehen. Aber dein Papa gehört zu deinem Leben, auch wenn er nicht bei dir ist. Setz dich noch einmal hin und mach die Augen zu."

Leon setzt sich und kneift die Augen fest zusammen. Um seinen Mund herum zuckt es verräterisch.

„Jetzt stell dir deine Eltern vor."

Leon fängt an zu weinen. „Ich mag nicht, die streiten sich doch immer nur. Und dann bin ich wieder schuld."

„Das stimmt nicht, mein Schatz. Wir hatten eigene Probleme, die nichts mit dir zu tun hatten", beschwichtigt Maria ihren Sohn.

Blank fügt hinzu: „Es gab sicher auch gute Zeiten, oder?"

Leon nickt.

„Stell dir vor, du spielst mit deinem Papa Fußball."

„Hat er aber nie gemacht, er hat Fußball nur im Fernsehen geguckt. Und wenn ich was gefragt habe, hat er es mir zwar jedes Mal erklärt, aber ich hab es nicht immer verstanden."

„So, wie du nicht alles verstehen kannst, was dir dein Papa erklärt, so kann auch er nicht alles verstehen, was in dir vorgeht, Leon. Versuch noch einmal dir vorzustellen, dass er mit dir Fußball spielt. Ihr schießt auf einer grünen Wiese den Ball hin und her. Kannst du es sehen?"

Leon zögert, doch dann huscht ein erstes zartes Lächeln über sein Gesicht. „Ja, ich kann es sehen. Wir laufen, Papa fällt hin und lacht. Das ist lustig."

„Und was passiert jetzt?"

„Papa legt seine Schuhe auf die Wiese und sagt, das ist das Tor. Er ist der Torwart und ich soll einen Elfmeter schießen. Haha, ich hab getroffen! Ich hab getroffen! Eins zu null für Leon. Papa liegt am Boden und lacht. Ich springe auf ihn drauf und wir rollen über die Wiese. Das macht Spaß!" Offensichtlich genießt Leon die innere Szene, denn sein Gesicht ist entspannt, die Mundwinkel zeigen nach oben.

Maria drückt Blank die Hand. Sie ist fasziniert von seiner Gabe, andere glücklich zu machen. Sie könnte weinen vor Glück.

Weine ruhig, Maria. Tränen drücken nicht nur Trauer aus, sondern auch Glück. Lass deinen Gefühlen freien Lauf, ertönt die Stimme in ihr.

In einem Anfall von Glückseligkeit umarmt Maria Blank und küsst ihn heftig auf den Mund. Über ihren eigenen Mut erschrocken, zieht sie sich hastig zurück, als sie jedoch erkennt, dass Blank sie voller Liebe anschaut, küsst sie ihn noch einmal – aber dieses Mal sanft und lang.

„He, ihr beiden!", unterbricht Leon sie. „Was macht ihr denn da?"

„Wir knutschen, Leon, das siehst du doch", antwortet Maria leichthin und gut gelaunt.

„Knutschen, äh, ich würde eher einen Eimer voller Würmer essen", erwidert Leon und schüttelt sich.

„In ein paar Jahren willst du gewiss auch knutschen", sagt Blank.

„Lieber zieh ich mir einen Ring durch die Nase", antwortet Leon entsetzt.

„Warte es nur ab. Wir können uns oft nicht vorstellen, Dinge zu tun, die uns im Augenblick fremd erscheinen, aber wir tun sie später dennoch", sagt Blank. „Wie hast du dich gefühlt, als du in Gedanken mit deinem Papa Fußball gespielt hast?"

„Toll, ganz toll!"

„Aber dein Papa ist gar nicht da."

„Ich fühl mich trotzdem super."

„Weil du es dir vorgestellt hast. Alles, was du dir vorstellen kannst, ist für dich auch wahr. Und wenn du deinen Papa vermisst, stell dir einfach vor, dass ihr gemeinsam spielt. Du wirst sehen, wie glücklich dich das machen wird. Dein Papa lebt in dir, Leon, auch wenn er nicht mehr mit euch zusammen ist. Er wird immer ein Teil von dir sein."

Maria schließt ihren Sohn in die Arme. „Ich weiß, dass er dich lieb hat, und ich hab dich auch sehr, sehr lieb."

„Mama, ich bin kein kleines Kind mehr", wehrt Leon sie ab, aber man sieht, dass er sich freut.

„Und glaub mir, du trägst keine Schuld an unserem Streit", versichert Maria.

„Schuld gibt es auch nicht. Durch eigene Sichtweisen und Interpretationen entstehen Missverständnisse", wirft Blank ein.

„Eine Sache ist allerdings unmissverständlich!", widerspricht Leon.

„Und was könnte das sein?", fragt Blank erstaunt.

„Dass ich furchtbaren Hunger habe", antwortet Leon lachend.

„Lasst uns nach Hause fahren", schlägt Maria vor. „Ich koche uns etwas Feines. Was ist denn dein Lieblingsgericht, Blank?"

„Wenn ich das wüsste …"

„Meins ist Senfeier. Bitte Mama, mach uns Senfeier", bettelt Leon.

„Also gut, Eier in Senfsoße mit Petersilienkartoffeln. Ich hoffe, es schmeckt dir", sagt Maria an Blank gewandt.

„Wenn du sie kochst, schmecken sie mir“, erwidert dieser, „dessen bin ich mir sicher.“

Kapitel 12

Der wichtigste Mensch im Leben

Am nächsten Morgen schlendert Blank gleich nach dem Frühstück durch die Stadt. Er fragt sich, was aus Martin geworden ist. Von Weitem sieht Blank, dass der Maler nicht mehr im Schatten an einer Hausecke sitzt, sondern mitten auf dem Platz direkt neben dem Brunnen. Um ihn herum stehen bereits einige Passanten und schauen zu, wie er das Bild eines älteren Herrn im Rollstuhl malt.

„Was, das soll ich sein?“, ruft der Mann zweifelnd.

„Genau so sehe ich Sie“, antwortet Martin.

„Aber wie ist das möglich? Mein Körper ist kaputt, mir tut alles weh, es geht mir nicht besonders. Wie kann ich da so strahlen?“

„Ich habe das Bild Ihrer Seele gemalt. Und Ihre Seele ist heil. Sie leuchtet immer, gleich, wie es dem Körper auch gehen mag.“

Dem alten Mann stehen die Tränen in den Augen. „Darf ich Sie umarmen?“ Martin nickt und beugt sich zu ihm herab. Einige der Umstehenden klatschen Beifall. Gerührt erhebt sich Martin. „Das schenke ich Ihnen, damit Sie nie vergessen, wer Sie wirklich sind“, gibt er dem alten Mann mit auf den Weg. Dieser fährt fröhlich winkend davon.

Blank hört seine innere Stimme: *Martins Bewusstsein hat sich bereits immens verändert. Gestern noch glaubte er, ein Bettler zu sein, der nichts zu geben habe, heute sieht er sich als Künstler, der die Herzen der Menschen berühren kann. Genau das ist seine Aufgabe: den Menschen zeigen, wie schön sie wirklich sind und ihnen auf diese Weise Mut machen.*

„Er sitzt nicht länger auf dem Boden und schaut zu den Passanten auf, er steht und befindet sich auf Augenhöhe mit ihnen“, bemerkt Blank. „Er besitzt viel mehr Selbstvertrauen und eine enorme Energie geht von ihm aus, das macht ihn attraktiv.“

Blank besieht sich Martins Pappschild. „Male Ihr Porträt für nur fünf Euro!“, ist darauf zu lesen.

Blank und der Maler gehen aufeinander zu, begrüßen sich schließlich mit Handschlag, lächeln sich wie alte Freunde an.

„Mensch, Blank, ich freue mich, dich zu sehen. Ist dir inzwischen eingefallen, wie du heißt?“

„Nein, ich weiß es immer noch nicht, es ist momentan auch nicht so von Belang“.

Verschwörerisch zwinkernd flüstert Martin: „Hast du die beiden letzten Nächte angenehm geschlafen?“

„Wie ein Murmeltier“, antwortet Blank, gibt aber keine weiteren Details bekannt. Stattdessen zeigt er stumm auf das Schild. Martin ist offensichtlich zufrieden mit sich. „Nicht schlecht, oder? Gestern haben mir die Leute höchstens einen Euro in die Dose geworfen, heute bekomme ich fünf. Wahnsinn, oder?“

„Ja, Wahnsinn“, bestätigt Blank. „Wahnsinn, weil du glaubst, deine Bilder seien nur fünf Euro wert. Wie kommst du nur darauf, dass fünf Euro ein angemessener Preis für das ist, was du den Menschen gibst?“

Martin schaut ihn leicht konsterniert an. „Ist doch besser als ein Euro! Ich habe mein Einkommen über Nacht verfünffacht und du meinst, das sei zu wenig?“

„Ja, genau das meine ich. Was passiert wohl, wenn du mehr gibst, als du zurückbekommst?“

„Was heißt das denn jetzt wieder?“, fragt Martin verunsichert, denkt aber einen Moment lang nach. „Na ja, wenn eine Seite mehr gibt als die andere, entsteht ein Ungleichgewicht und einer schuldet dem anderen etwas.“

„Genau. Geld ist im Grunde nichts weiter als Energie. Ein Tauschmittel, das erfunden wurde, weil es zu umständlich wäre, gäbe dir der eine ein Huhn, ein anderer ein Brot, ein Dritter einen CD-Spieler im Austausch für deine Bilder. Geld vereinfacht den Austausch, es ist also einfach ein Tauschmittel ohne eigenen Wert."

„So habe ich das noch nie gesehen."

„Du produzierst etwas, die anderen kaufen es. Sie sollten dir etwas Gleichwertiges im Austausch geben."

„Aber Geld macht doch nicht glücklich."

„Soll es auch nicht. Glück findest du nur im Inneren. Glück ist Einstellungssache, eine bestimmte Haltung zum Leben. Geld hingegen ist Energie. Es geht hier lediglich um einen Energieaustausch."

Martin denkt über Blanks Worte nach, wird aber abgelenkt, als sich ein elegant gekleideter Mann für eines seiner Bilder mit Motiven vom Meer interessiert.

„Kostet das auch fünf Euro?", fragt dieser.

„Ja, fünf Euro", antwortet Martin geistesabwesend. „Nein, warten Sie, eigentlich kostet es …" Er unterbricht sich selbst. „Nein, nein, fünf Euro sind schon in Ordnung. Ich wünsche Ihnen viel Freude mit dem Bild."

„Danke, ich werde es in meinem Ferienhaus in die Gästetoilette hängen, die ist so trist und kann etwas Farbe gebrauchen. Vielen Dank noch einmal." Damit geht der Mann seines Weges.

„Gästetoilette? Ferienhaus? Der hätte doch glatt fünfzig Euro zahlen können und dies kaum in seinem Portemonnaie bemerkt", regt Martin sich auf.

Blank schaut seinen Malerfreund nur an. Der kratzt sich am Kopf und sagt verdrießlich: „Verstehe, das geschieht mir vermutlich recht, oder? Weil ich selbst meine Kunst nicht würdige, würdigen andere sie auch nicht. Ist es so?"

„Ich glaube, du fängst an zu begreifen."

„Woher weißt du das alles, Blank?“

„Ich weiß es nicht, ich höre einfach gut zu und schaue genau hin.“

Eine Weile sagen beide nichts, denn jeder ist in seine eigenen Gedanken versunken. Sancho Panza schläft friedlich auf seiner Decke, der Brunnen plätschert vor sich hin und Martin träumt vor sich hin. Er spaziert am Strand entlang, sein Hund springt ausgelassen um ihn herum. Wohin läuft er? In der Ferne sieht er vor einer Hütte eine Frau, zwar reichlich verschwommen, aber er ahnt, dass er zu ihr will.

„Was meinst du, wie viel so eine Hütte am Meer kostet?“ Blanks Frage reißt Martin aus seinem Traum.

„Mensch Blank, ich hatte gerade ein äußerst schönes Bild vor Augen. Ich war …“

„Am Strand. Ich weiß. Wie viel kostet wohl so eine Hütte am Meer?“

„Keine Ahnung.“

„Meinst du, mit fünf Euro kommst du da hin?“

Martin muss lachen. „Natürlich nicht. Ist das eine Fangfrage?“

„Keine Fangfrage, aber du solltest bei allem, was du tust, dein Ziel nie aus den Augen verlieren. Denk immer an deinen Traum.“

„Aus dem du mich soeben unsanft gerissen hast“, wirft Martin ein.

Blank fährt fort, als hätte es keine Unterbrechung gegeben. „Was ist noch einmal dein Traum?“

„Na, eine Hütte am Meer, das weißt du doch.“

„Sonst nichts? Nur eine Hütte am Meer? Keine Frau an deiner Seite, mit der du dein Glück teilen kannst?“

Martin runzelt die Stirn.

„Und was ist mit der Malerei? Erfüllt dich deine Malerei denn nicht? Ist es nicht Teil deines Traumes, mit deinen Bildern genug Geld zu verdienen, um in ein wärmeres Land zu ziehen, in dem die Menschen freundlich sind und in dem du in einer Hütte am Meer leben kannst?“

„Ja, sicher, aber …“

„Kein Aber, Martin. Wenn du fünf Euro pro Bild verlangst, setzt du den Wert deiner Arbeit, somit deiner Kreativität selbst herab. Ein Kunstwerk von dir ist doch gewiss mehr wert als fünf Euro, oder? Was kannst du dafür schon kaufen?"

Martin lacht bitter. „Eine Tasse Kaffee?"

„Genau, eine Tasse Kaffee."

Martin wird nachdenklich.

Blank legt ihm die Hand auf den Arm. „Du darfst deinen Traum nicht aus den Augen verlieren. Denk immer an dein Ziel und tu alles, was nötig ist, um dieses Ziel zu erreichen. Im Augenblick trägst du noch Glaubenssätze in dir wie ‚Geld stinkt', ‚Kunst und Geld vertragen sich nicht', ‚So viel bin ich nicht wert'. Du glaubst, ein wahrer Künstler müsse leiden, um schaffen zu können, müsse von der Hand in den Mund leben."

„Das stimmt, manchmal denke ich, dass es besser ist, ein erfolgloser Künstler und ein verkanntes Genie zu sein, als seine Seele für Geld zu verkaufen."

„Du sollst deine Seele ja auch nicht verkaufen. Im Gegenteil: Du sollst dir selbst und deiner Seele treu sein, indem du deinen wahren Wert anerkennst."

„Du meinst also, ich sollte mehr verlangen? Und wie viel?"

„Das kannst nur du beantworten. Du musst wissen, wie viel das, was du erschaffst, wert ist. Ob ein anderer das auch so sieht, ist eine andere Sache. Eines ist jedoch gewiss: Weil deine Bilder wenig kosten, werden sie nicht hoch geschätzt. Meistens schätzen die Menschen billige Dinge nicht. Was billig ist, wirft man leichter weg. Das mag traurig sein, aber es ist wahr."

Martins Gedanken fahren Achterbahn. Dieser Blank stellt sein komplettes Leben auf den Kopf. Vor ein paar Tagen war er noch ein erfolgloser Straßenkünstler, der sich in sein Schicksal gefügt hatte, nun steht er auf dem Gipfel eines Berges und schaut auf eine Landschaft voller ungeahnter Möglichkeiten hinab. Wer ist dieser Mann, der sein Leben so durcheinanderbringt?

„Wer bist du?", fragt er Blank unsicher.

„Ich weiß es nicht, und es spielt im Moment auch keine Rolle, wer ich bin. Aber, wer bist du, Martin?" Nach einer Pause fügt er hinzu: „Wer ist der wichtigste Mensch in deinem Leben?"

Nach kurzem Zögern antwortet Martin: „Vermutlich meine Mutter."

Blank sagt nichts.

„Mein Vater?"

Blank schweigt.

„Sancho Panza?" Martin muss lachen und sieht Beifall heischend zu Blank, aber der ist weiterhin still. Nach einer längeren Pause, während der Martin sich das Gehirn zermartert, wer wohl der wichtigste Mensch in seinem Leben sein könnte, bricht Blank endlich sein Schweigen. „Schließe deine Augen."

Martin richtet sich unwillkürlich auf und seufzt, bevor er die Augen schließt.

„Erinnerst du dich an die Szene mit der Mutter und dem kleinen Jungen, der Sancho Panza streicheln wollte?"

„Na klar, echt furchtbar die Frau."

„Schau dir die Szene noch einmal an. Sieh genau hin, stell dir vor, du seist mittendrin und nicht nur der Beobachter."

Ich habe mich von der Hand meiner Mutter losgerissen und laufe auf einen Hund zu, um ihn zu streicheln. Neben dem Hund hocken zwei Männer auf dem Boden, die freundlich aussehen. Meine Mutter läuft hinter mir her. Sie zieht mich von dem freudig mit dem Schwanz wedelnden Labrador weg.

„Martin, ich habe dir doch schon tausend Mal gesagt, du sollst keine Hunde streicheln!" Mit einem kritischen Blick auf die beiden Männer und den Hund fügt sie spitz hinzu: „Erst recht keine Hunde, die so dreckig sind und vermutlich Tollwut, aber ganz sicher Flöhe haben …“ *Wie ihre Besitzer*, denkt sie. Ich kann ihre Gedanken hören, das ist unheimlich.

Jetzt packt mich meine Mutter am Arm und zieht mich mit sich fort. Als mir auch noch das Eis aus der Hand fällt, an dem ich eben noch zufrieden geschleckt habe, schimpft sie weiter: „Ich hab's ja kommen sehen. Du bist so ein Tollpatsch, das hast du von deinem Vater. Der hat auch zwei linke Hände. Wenn du dich nicht anstrengst, wird aus dir nie was werden. Und dann endest du so wie diese beiden Penner hier!“

Martin reißt die Augen auf. Keuchend stößt er hervor: „Ich war in der Szene drin! Ich war der kleine Junge, ich habe gesehen, wie du und ich, also, ich meine, wie du und der andere Obdachlose … nein, also, wie du und … Das ist unheimlich, Blank. Was machst du mit mir?“

Blank schaut ihn mitfühlend an, sagt aber nichts.

Martin zieht seine eigenen Schlüsse aus dem eben Erlebten. „Es war genau wie mit meiner Mutter. ‚Aus dir wird nie etwas, du wirst wie dein Vater, der Taugenichts, enden'. Grässlich!“

„Ja, es mag grässlich gewesen sein, dennoch will diese Vision dir etwas mitteilen.“

„Mensch, musst du mich so deprimieren? Dass ich ein Versager bin? Dass ich meiner Mutter nichts recht machen konnte?“

„Das ist, was du daraus schließt und was in dir weiter wirkt. Aber warum hat sich deine Mutter so verhalten?“

„Na, weil ich ein Tollpatsch war und sie eben wusste, dass aus mir nie etwas werden wird.“ Martin hält erschrocken die Hand vor den Mund. „Blank, ich kann nicht glauben, dass ich das gesagt habe.“

„So machtvoll wirkt der Einfluss deiner Mutter immer noch in dir. War sie eigentlich eine liebevolle Frau? Konnte sie euch ihre Liebe zeigen?“

Martin lacht verbittert auf: „Meine Mutter liebevoll? Davon habe ich jedenfalls nichts gemerkt! Mein Vater sagte einmal, ein Kühlschrank wäre wärmer als sie.“

„Hat deine Mutter denn deinen Vater geliebt?"

„Nur, wenn er gemacht hat, was sie wollte."

„Und hat sie sich selbst geliebt?"

„Keine Ahnung, sie hat großen Wert auf ihr Äußeres gelegt, aber ob sie sich selbst geliebt hat … Sie war immer sehr streng, auch zu sich selbst."

Blanks Stimme meldet sich. *Wie die meisten Menschen. Liebe ist in aller Munde, doch wer liebt schon wirklich? Du sollst deinen Nächsten lieben wie dich selbst, sagt die Bibel. Nimmt es da wunder, dass Missgunst auf der Welt herrscht, dass es so viele Kriege gibt? Wenn man sich selbst nicht liebt, kann man seinen Nächsten auch nicht lieben.*

„Selbstliebe ist unerlässlich, Martin. Damit meine ich nicht die narzisstische Zurschaustellung des Egos, die wir jeden Tag in den Medien sehen, sondern ein tiefes Akzeptieren des eigenen Selbst. Ich glaube, deine Mutter konnte sich nicht so annehmen, wie sie war. Sie genügte ihren ‚eigenen' Ansprüchen nicht, die ja eigentlich die Ansprüche ihrer Eltern waren. Deshalb konnte sie auch ihre Familie nicht so annehmen, wie sie war. Erinnerst du dich? Wie innen so außen. Alles und alle mussten perfekt sein, damit sie sich nicht mit sich selbst auseinandersetzen musste."

„Hört sich logisch an."

„Was ist mit dir, Martin? Liebst du dich selbst? Kannst du dich so akzeptieren, wie du bist?"

„Du meinst mit all meinen Fehlern und Schwächen?"

„Ich meine vor allem mit all deinen Fähigkeiten, mit all den Talenten, die in dir stecken, und mit all der Liebe, die ausgedrückt werden möchte."

„Puh, Blank, du machst mich ganz schwindelig. Das geht mir alles zu schnell. Da müsste ich über so vieles nachdenken."

„Und dann?"

„Ich könnte erkennen, was in mir steckt?"

„Und dann?"

„Vielleicht nähme ich mich etwas wichtiger?"

„So ist es. Und nun noch einmal, Martin: Wer ist der wichtigste Mensch in deinem Leben?"

Nach kurzem Zögern antwortet Martin leise: „Ich?"

Blank hält demonstrativ eine Hand ans Ohr. „Ich kann dich leider nicht hören. Wer?"

„Ich!"

„Jetzt hast du es, Martin. Du bist der wichtigste Mensch in deinem Leben."

Kapitel 13

Der Dieb als Spiegel

Während Martin und Blank über diese grundlegenden Fragen des Lebens sprechen, nähert sich ihnen ein Mann, der wesentlich greifbarere Interessen verfolgt. Er hat die beiden bereits eine Weile von seinem Auto aus beobachtet, sich notiert, wie viele Passanten in welcher Zeit stehen geblieben sind und dabei in Gedanken einen Plan entwickelt. Er telefoniert mit einer Galeristin: „Sehr gut. Ich melde mich bei Ihnen. Ja, es sollte nicht länger als eine Stunde dauern. Bis gleich." Er legt mit einem Lächeln auf den Lippen auf.

Herr Martensen gehört jener Menschengruppe an, die alles, was sie anpackt, zum Erfolg führt. Er ist fest davon überzeugt, dass die Menschheit genau auf die Produkte, Dienstleistungen und Menschen gewartet hat, die er entdeckt und vermarktet. Er ist der geborene Gewinner, der seinem Gespür absolut vertraut. Juckt sein linkes Ohr, weiß er, dass er auf der richtigen Spur ist. Und im Augenblick juckt sein linkes Ohr heftig.

Herr Martensen wartet in seinem Maybach Zeppelin, einer Sonderausgabe der legendären Luxuslimousine aus den Dreißigerjahren, auf seine Frau, die sich ein Kleid anpassen lässt. Da er sich langweilt und nichts mehr hasst, als Zeit zu vergeuden, sieht er sich nach Möglichkeiten um, noch mehr Geld zu verdienen. Er steigt aus und schlendert betont lässig zu den beiden Männern hinüber, die auf dem Platz hocken. Mit dem Einen wird er leichtes Spiel haben, denn er spürt sofort, wenn ein Mensch kein Selbstwertgefühl hat, aber den anderen kann er nicht einordnen. Es ist etwas an diesem Menschen, das ihn zutiefst verunsichert. Er wischt diesen unangenehmen Gedanken beiseite, tritt näher an die beiden heran und betrachtet die Bilder. Sofort kommt ihm eine Idee, wie er sie vermarkten kann. Dem Künstler will er eine Geschichte andichten, die von betrogener Kindheit im Waisenhaus, von Drogen und weiteren Exzessen handelt. Als Rockmusiker, der in Amsterdam der freien Liebe gefrönt hat, will er ihn hinstellen.

„Guten Tag, die Herren", spricht Martensen die beiden an.

„Hallo", antworten Blank und Martin wie aus einem Mund.

„Ihre Bilder sind gar nicht mal so übel. Haben Sie die gemalt?", fragt er, an Martin gewandt. Er versucht, Blank zu ignorieren.

„Ja ..."

„Aber die gehören doch nicht auf die Straße, sondern in eine Galerie."

Martin will aus alter Gewohnheit antworten, dass seine Bilder für eine Galerie nicht geeignet seien, als Blank ihm einen sanften Stoß gibt. Martin schluckt ein paar Mal, bevor er spricht: „Ach, ich wollte einfach etwas Neues ausprobieren. Mehr Nähe zu den Menschen, wissen Sie? Bei der ständigen Arbeit im Atelier vereinsamt man rasch."

„Verstehe." Martensen schaut sich die Bilder noch einmal an. „Wirklich gar nicht mal so schlecht."

„Mehr als nicht so schlecht, sie sind exzellent", wirft Blank ein, wird aber von Herrn Martensen ignoriert. Stattdessen richtet dieser seine volle Aufmerksamkeit auf Martin, denn schließlich gilt es, ihn zu überzeugen. „Wenn Sie wollen, kann ich meine Kontakte spielen lassen und möglicherweise eine Ausstellung in einer Galerie arrangieren. Natürlich kennt Sie kein Mensch, ich gehe also ein beträchtliches Risiko ein, setze sogar meinen guten Namen aufs Spiel, aber was soll's? Man muss auch von Zeit zu Zeit ein bisschen verrückt sein, oder?"

Er zwinkert Martin verschwörerisch zu und fährt fort: „Sie liefern mir die Bilder, ich gebe Ihnen … Wie viel kosten die Bilder? Fünf Euro?

Wissen Sie was, Sie gefallen mir, ich zahle Ihnen zehn Euro pro Bild. Sie liefern mir, sagen wir, zwanzig Stück die Woche? Ein faires Angebot!"

Martin zögert.

„Denken Sie nicht zu lange nach. Die spontanen Entscheidungen sind meist die richtigen", hakt Martensen nach.

Martin schaut Hilfe suchend zu Blank. „Was meinst du?"

„Zehn Euro sind das Doppelte von dem, was du jetzt bekommst."

„Eben. Das ist viel, oder?"

„Allerdings! Und das alles innerhalb kürzester Zeit. Du hast einen gewaltigen Sprung gemacht. Vor drei Tagen hast du die Leute noch angebettelt, vorgestern dein erstes Bild verkauft und heute einen Mann in dein Leben gezogen, der mit deinen Bildern Geld verdienen will."

„Moment mal", wirft Martensen ein, „wovon reden Sie da? Wer sind Sie denn überhaupt? Ich tu das alles hier nur aus reiner Herzensgüte, weil es mir auch einmal dreckig ging und ich junge Talente fördern will."

„Das ist sehr freundlich von Ihnen, vielen Dank", sagt Blank zu dem vermeintlichen Gönner. Und an Martin gerichtet: „Bist du der Meinung, dass du dir deinen Traum mit zehn Euro erfüllen kannst? Meinst du, dass du deine Bilder, deine visionäre Kunst, am Fließband produzieren kannst? Ist das dein Traum?"

„Nein, aber es ist besser als nichts."

„Über das Nichts sind wir doch längst hinaus. Wenn du sein Angebot jetzt annimmst, schuftest du den ganzen Tag und kommst trotzdem auf keinen grünen Zweig."

Martensen beobachtet die beiden mit zunehmendem Unbehagen. Wer ist dieser Kerl, der sich da so dreist einmischt und auf den der Maler zu hören scheint? Von welchem Traum redet er? „Also, wie sieht's aus? Zeit ist Geld und ich verschwende nicht gerne meine Zeit."

„Darf ich noch einen Augenblick überlegen?", fragt Martin verunsichert.

„Sicher, sicher. Überlegen Sie nur, nur kommen Sie bald zu einem Ergebnis. Ich an Ihrer Stelle würde zugreifen, denn so eine Chance bekommt man nicht oft. Wie oft bietet sich einem …“ Er verschluckt den Rest des Satzes, aber die Bedeutung ist klar.

Blank lacht freudlos auf. „Siehst du, Martin? Genau das meine ich. Er sieht dich immer noch als den, der du vor drei Tagen warst. Wenn du sein Angebot annimmst, nimmst du es aus Angst an, als einer, der glaubt, schon verloren zu haben. Willst du dich wie ein Bettler verhalten oder wie ein selbstbewusster Künstler, der weiß, was er kann und was er wert ist? Es ist deine Entscheidung.“

Martin kratzt sich am Bart: „Mann, ist das kompliziert!“

„Ist es das wirklich?“, fragt Blank unschuldig.

Martensen reicht es. Das Gespräch fängt an, ihn zu langweilen, weil ihm die Kontrolle zu entgleiten scheint. „Also, ich muss jetzt los. Schlagen Sie ein oder nicht?“ Er hält Martin die Hand hin.

Der tut nach kurzem Überlegen etwas, was sowohl Martensen als auch Blank in Erstaunen versetzt. Er ergreift die dargebotene Hand, zieht sich daran hoch, und als er auf Augenhöhe mit Martensen steht, erklärt er mit gespielter Professionalität: „Ich danke Ihnen dafür, dass Sie mich aus dem Dreck ziehen wollen, aber ich werde noch eine Weile über Ihr Angebot nachdenken. Wissen Sie, ich war in Sachen Entscheidungen, die mein Leben betreffen, noch nie ein Freund übereilten Handelns. Lassen Sie mir Ihre Karte da, ich rufe Sie eventuell an.“

Martensen ist so verblüfft, dass ihm der Unterkiefer herunterfällt. Blank klatscht hinter seinem Rücken stummen Beifall, reckt grinsend einen Daumen in die Höhe.

„Wie ich sehe, erscheint meine Frau soeben. Ich muss los“, verabschiedet sich Martensen. „Wirklich bedauerlich, es hätte etwas werden können mit uns.“ Er geht zurück zum Wagen, neben dem seine Frau steht, die ungeduldig von einem Fuß auf den anderen tritt.

„Harald, beeil dich bitte!“

„Ich komm ja schon.“

„Du weißt, dass wir pünktlich um sechzehn Uhr beim Anwalt sein müssen. Da kannst du dich nicht in aller Ruhe mit ein paar Pennern unterhalten.“ Sie ist offensichtlich wütend.

„Ich habe doch auf dich gewartet. Du musstest deiner bereits äußerst umfangreichen Sommergarderobe unbedingt noch ein Kleid hinzufügen. Ich habe mich gelangweilt und da bin ich eben zu den beiden hinübergeschlendert.“

„Ja, ja. Aber die Gegenpartei wartet nicht. Das ist womöglich deine letzte Chance, eine Klage abzuwenden und dich außergerichtlich mit ihnen zu einigen“, schreit sie. Ihre Stimme nimmt einen schrillen Klang an.

„Ich würde ja noch lauter keifen“, schreit Herr Martensen zurück. „Müssen denn alle Leute an unseren Problemen teilhaben?“

Inzwischen sind einige Passanten stehen geblieben und schauen kopfschüttelnd auf das streitende Paar. Auch Martin und Blank beobachten die Szene.

„Wenn du dich nur einmal auf eine Sache zurzeit konzentrieren könntest, dann müsste ich auch nicht schreien!“, ereifert sich die Frau.

„Jetzt reg dich ab!“

„Reg dich ab? Höre ich recht? Sag mal, wie sprichst du denn mit mir? Ich bin nicht eine deiner primitiven Begleiterinnen.“

Manche Fußgänger sitzen inzwischen auf einer Bank. Die Auseinandersetzung des Paares verspricht, interessant zu werden. Auch Blank fühlt sich wie magisch von den streitenden Eheleuten angezogen, denn ihr Verhalten erinnert ihn an irgendetwas. Wenn er nur wüsste, woran!

Plötzlich nimmt mich wieder etwas bei der Hand und da, wo sich eben noch das Kopfsteinpflaster des Rathausplatzes unter meinen Füßen befand, ist jetzt Marmor. Ich stehe auch nicht mehr, ich sitze in einem bequemen Sessel. Als ich mich umschaue, sehe ich, dass ich offensichtlich in einer Hotellobby bin. Ich trage einen teuren, maßgeschneiderten Anzug.

„Wo bin ich?"

In deiner Vergangenheit. Gleich kannst du etwas beobachten, was dir helfen wird, dich zu erinnern.

Ich drehe mich um, sehe meine Frau das Hotel betreten. Sie redet aufgeregt in ihr Mobiltelefon. Obwohl sie über zwanzig Meter entfernt steht, kann ich jedes Wort so deutlich verstehen, als stünde sie direkt neben mir. Wie ist das möglich?

In der Welt des Geistes, in deiner inneren Realität, ist alles möglich. Entfernung, Zeit sowie weitere Einschränkungen, denen ihr euch täglich unterwerft, spielen hier keine Rolle.

Meine Frau bleibt in der Lobby stehen, schaut sich kurz um, als ob sie Angst hätte, dass jemand sie belauschen könnte, stellt einen kleinen Rollkoffer ab und setzt sich auf eines der Sofas, die überall herumstehen. „Mach dir keine Sorgen ... Bald habe ich ihn so weit, es ist nur eine Frage der Zeit. Natürlich, der Trottel liebt mich wirklich ..." Sie lacht. Mir bricht das Herz.

„Natürlich liebe ich dich ... Aber das ist doch Teil unseres Plans. Ja, ich weiß, aber wenn ich nicht mit ihm ins Bett ... Bitte reg dich nicht auf! Es dauert ja nicht mehr lange ... Den Wagen hat er mir schon überschrieben ... Wenn ich ihn jetzt an der kurzen Leine halte, frisst er mir bestimmt bald aus der Hand. Ja, genau, wie ein Hund ..."

Hätte ich in dieser Welt des Geistes Lippen, so würde ich sie jetzt aufeinanderpressen. Hätte ich Hände, würde ich sie so fest zu Fäusten ballen, dass die Knöchel weiß werden. Hätte ich Beine, ginge ich zu ihr und ...

Nein, das alles würdest du nicht tun. Hast du auch nicht getan. Erinnere dich weiter. Du wirst bald die ganze Wahrheit über deine Vergangenheit erfahren.

„Du, ich muss jetzt Schluss machen … Ja, die Vollmacht für das Konto bekomme ich in den nächsten Tagen. Er hat bereits mit seiner Bank telefoniert. Ja, ich war dabei … Ich liebe dich auch. Beeil dich, ich bin schon im Hotel. Wann kommst du?“ Sie lacht anzüglich. „Ich kann es kaum erwarten!“

Mir wird schwindelig. Ich falle. Ich sehe noch, wie ein Angestellter des Hotels zu mir gelaufen kommt … Schwarz, alles Schwarz … Nur fallen, einfach nur fallen, nichts mehr wissen … Nichts mehr wissen …

„Um Himmels willen, was ist mit dir?“ Martin hebt Blanks Kopf und schaut seinem Freund besorgt ins Gesicht. „Blank, kannst du mich hören?“

„Nichts mehr wissen … Nichts mehr wissen …“, stammelt Blank.

„Was willst du nicht mehr wissen?“, fragt Martin.

Blank räuspert sich: „Ich weiß es nicht. Ich hatte einen merkwürdigen Traum.“ Er ist noch völlig benommen.

„Traum? Mann, du warst bewusstlos!“

Blank schüttelt den Kopf. „Ich muss mich erinnern, Martin. Ich muss mich erinnern.“

Die Stimmen des streitenden Paares dringen an sein Ohr.

„Jetzt reg dich ab!“

„Reg dich ab? Höre ich recht? Sag mal, wie sprichst du denn mit mir? Ich bin nicht eine deiner primitiven Begleiterinnen.“

„Ach nee, wer ist hier primitiv? Nur weil ich einmal …“

„Einmal zu viel!“

„Halt den Mund!“

„So lass ich nicht mit mir reden. Wenn du nach Hause kommst, kannst du was erleben, das schwör ich dir!“ Sie dreht sich um und will weggehen, aber er packt sie am Arm.

„Falsch, meine Liebe. Es ist immer noch mein Zuhause, in das ich dich gnädigerweise eingelassen habe. Wer schuftet denn Tag und Nacht, um dir deine teuren Klamotten, deine regelmäßigen Besuche in Wellnessbädern, deine japanischen Kosmetika, dein Auto, dein Pferd und die Jacht zu finanzieren? Wer wohl? Du? Nee, ich, meine Liebe, ich!"

Nun ist er es, der sich umdrehen und davongehen will, als sie ihn am Arm ergreift. „Wir besitzen überhaupt keine Jacht, du Angeber!"

„Du liegst mir allerdings ständig damit in den Ohren und wirst erst Ruhe geben, wenn ich dir eine gekauft habe."

Sie stemmt die Hände in die Hüften und lacht. Kein frohes Lachen, es ist ein zutiefst trauriges Lachen, ein Lachen, das all die Bitterkeit enthält, die sich in den letzten Jahren in ihr angesammelt hat. „Die Jacht war doch dein Einfall. Ich habe ihn nur unterstützt, weil ich dachte, es würde dich glücklich machen."

Martensen hebt die Hand. Es scheint, als wolle er seine Frau schlagen, lässt aber ermattet davon ab. Er ist des Streitens überdrüssig. „Ich bin müde, ich will mich nicht mehr zanken." Er sinkt zu Boden. Dass sein teurer Anzug dabei verdreckt, stört ihn nicht.

Blank, inzwischen ein wenig erholt, verfolgt interessiert die Auseinandersetzung, da er ahnt, dass ein tieferer Sinn dahintersteckt.

Und diesen Sinn wirst du gleich erfassen. Martin und du, ihr könnt etwas Wichtiges lernen. Du lernst, Fehler zu erkennen, die du in der Vergangenheit begangen hast, Martin lernt, Fehler in Zukunft zu vermeiden. Letzteres gilt übrigens auch für dich.

„Was gilt auch für mich?", fragt Blank laut. Martin sieht ihn fragend an.

Fehler in Zukunft zu vermeiden.

Martin weist auf das streitende Paar: „Meine Güte, bei denen fliegen ja die Fetzen! Wie die sich behandeln! Siehst du, deshalb will ich keine Beziehung."

„Das hat sich aber vorgestern noch anders angehört. Hast du Alexandra denn schon vergessen?"

Martin knufft seinen Freund in die Seite. „Schon gut, ich nehme ja alles zurück."

„Aber im Ernst“, fährt Blank fort, „jeder Konflikt beruht auf mangelnder innerer Harmonie. Ein äußerer Konflikt ist ein Zeichen dafür, dass im Inneren etwas nicht im Gleichgewicht ist. Das spiegeln sich die beiden gerade. Es ist jetzt an ihnen, diesen Streit als Chance wahrzunehmen.“

„Was meinst du mit Chance? Für mich sieht das eher wie ein Fall für den Scheidungsanwalt aus.“

„Sieh genau hin, die beiden lieben sich doch. Dass das innere Gleichgewicht gestört ist, kann man am leichtesten am Partner erkennen, der uns quasi einen Spiegel vorhält. Apropos Spiegel. Hast du einen?“

„In der Tat trage ich einen mit mir. Ich lasse die Leute immer erst in den Spiegel schauen, bevor sie das von mir gemalte Bild bekommen.“ Er kramt in seiner Tasche und holt einen Spiegel hervor.

Blank nimmt ihn und hält ihn vor Martins Gesicht.

„Was siehst du?“

„Na, mich, wen denn sonst? Aber wie ich wieder aussehe. Du meine Güte.“ Martin taucht die Hand in den Brunnen und fährt sich mit den nassen Fingern durchs Haar. „Wesentlich besser.“

„Moment! Warum kämmst du dir das Haar auf dem Kopf? Wieso nicht das Haar im Spiegel?“

„Bist du irre, Mann?“, fragt Martin. Er weiß nicht mehr, was er über diesen Mann denken soll. Diese wahnwitzige Idee kann er nicht ernst meinen. Blank verzieht jedoch keine Miene.

„Komm schon, Blank. Verrat mir die Pointe. Ich versteh den Witz nämlich nicht.“

„Das ist kein Witz, aber eine Pointe gibt es durchaus. Woher weißt du, dass du das Haar auf deinem Kopf kämmen musst und nicht das im Spiegel?“

„Blöde Frage! Weil der Spiegel mich spiegelt.“

„Eben. In einer Beziehung ist es ebenso. Der andere spiegelt dich. Und wenn dich etwas an ihm stört, dann solltest du nicht versuchen, das Spiegelbild zu ändern, sondern …?“

„Alles klar, ich verstehe. So hab ich das noch nie gesehen."

Ich wusste es auch nicht, bis es mir gerade von meiner inneren Stimme mitgeteilt wurde, denkt Blank. *Wenn wir doch nur mehr auf unsere innere Stimme hören würden.*

„Alles, was dich am anderen stört, hat etwas mit dir zu tun, sonst würde es dich doch nicht ärgern. Meistens ist es ein ungelebter, verdrängter Schattenanteil in dir, den du auf den anderen projizierst, damit du ihn nicht bei dir selbst anschauen musst."

Mittlerweile ist der Streit wieder lauter geworden. Der Mann springt erregt auf: „So? Warum tu ich das alles? Meinst du, es bringt mir Spaß? Ich mache es nur für dich!"

„Lachhaft! Du machst das für dein aufgeblasenes Ego, und damit du mit deinen Schickimickifreunden mithalten kannst", hält die Frau dagegen.

Sie spiegelt ihm sein mangelndes Selbstwertgefühl wider, das er durch den Erwerb von materiellen Dingen auszugleichen versucht. Aber sie ist für ihn auch die Antriebskraft, die er braucht, um erfolgreich zu sein. Hätte er niemanden, der etwas von ihm erwartet, wäre er nicht in der Lage, das zu leisten, was er jetzt leistet. Dafür benötigt er sie und aus diesem Grund hat er sie angezogen.

„Aber warum sucht er denn nicht bei sich?" Blank kann es sich nicht abgewöhnen, laut mit seiner inneren Stimme zu reden. Aber Martin hat sowieso nichts gehört, der Streit fasziniert ihn nach wie vor.

Weil es einfacher, vor allem nicht so bedrohlich ist, das Problem nicht bei sich selbst, sondern beim anderen zu suchen. Damit ist der Machtkampf programmiert. Es muss einen Gewinner und einen Verlierer geben, denken sie. Dabei verlieren im Grunde doch beide.

Das Geschrei im Hintergrund erreicht einen weiteren Höhepunkt.

„Ich brauche das alles nicht. Den Stress muss ich mir nun wirklich nicht antun!" Die Frau schlägt die Hände vor das Gesicht. Sie beginnt zu weinen.

Er denkt, er habe gewonnen. Jetzt will er ihr den Todesstoß versetzen, um seinen Triumph zu vollenden.

„Ach ja? Na, dann kehr doch in die Absteige zurück, wo du geschuftet hast, bevor ich dich gerettet habe“, sagt Martensen triumphierend.

„Absteige?“, wiederholt die Frau unter Tränen. „Was sagt das denn über dich aus, mein Lieber, wenn das eine Absteige war? Schließlich bist *du* dort abgestiegen und *du* warst es, der mich angebettelt hat, meinen Beruf als Hotelfachfrau aufzugeben. Ich sollte mich um die angenehmen Dinge des Lebens kümmern, wie du es formuliert hast.“ Sie lächelt bitter. „Eine so schöne Frau wie Sie sollte sich um die schönen Dinge des Lebens kümmern und es nicht nötig haben, sich mit solchen Trivialitäten wie dem Geldverdienen abzugeben. Originalton Harald Martensen. Erinnerst du dich?“

Martensen schaut nachdenklich drein: „Das habe ich gesagt?“

„Wortwörtlich!“

Er hat sie angezogen, damit er etwas hat, für das es sich zu arbeiten lohnt. Sie hat ihn angezogen, um die finanzielle Sicherheit zu bekommen, die sie braucht, um sich ihren sehnlichsten Wunsch zu erfüllen.

„Was wünscht sie sich denn so eindringlich?“

Dazu später. Vorerst nimmt die Geschichte eine unerwartete Wendung.

In der Tat: Ein junger Mann läuft in höchster Eile auf Blank zu. Jener stolpert, rafft sich auf, wirbelt Martins Bilder durcheinander und verschwindet schließlich hinter dem Brunnen im Gewirr der Menschenmasse.

„Was zum Teufel …“, schimpft Martin.

„Stehen bleiben!“, ruft die Frau. „Haltet den Mann auf, er hat meine Handtasche gestohlen! Haltet den Dieb auf!“

Die Umstehenden schauen alle in die Richtung, in die sie aufgeregt zeigt, aber niemand rührt einen Finger.

„Der ist weg“, stellt Martin lakonisch fest.

„Harald, der hat meine Handtasche geklaut. Bitte tu doch etwas!“, schluchzt die Frau. Es ist offensichtlich, dass sie mit den Nerven am Ende ist.

„Wieso hat der deine Handtasche?"

„Weiß ich doch nicht. Ich hatte sie ins Auto gelegt und …"

„Und was?"

„Ich muss vergessen haben, die Tür zu schließen", antwortet sie kleinlaut.

„War ja klar", bemerkt Martensen und lässt den Kopf in die Hände sinken. „Was für ein Tag!"

Martin kann sich eine gewisse Schadenfreude nicht verkneifen. „Geschieht ihnen recht, dass sie beklaut werden. Wer ständig ans Geld denkt und sich gegenseitig so behandelt …"

Blank unterbricht ihn: „Was könnte das mit dir zu tun haben? Warum passiert das genau vor deiner Nase? Soll dir vielleicht etwas gezeigt werden?"

„Keine Ahnung … Also, ich würde meine Frau nicht so behandeln und auch nicht nur immer ans Geldverdienen denken …"

Blank unterbricht ihn erneut: „Spiegelresonanz, Martin. Dein Problem mit Geld wird dir hier widergespiegelt – nur ins genaue Gegenteil verkehrt. Die beiden versuchen, ihre Minderwertigkeitsgefühle und die innere Leere durch materiellen Luxus zu kompensieren. Du lebst die andere Seite aus. Du denkst, es nicht wert zu sein, viel Geld zu besitzen, weil du es nicht verdient hast."

Martin schaut ihn nachdenklich an.

„Martin, alles, was in der Außenwelt geschieht, was Empfindungen in dir auslöst, hat mit dir zu tun und will dir etwas zeigen."

„Dass die beiden gerade jetzt bestohlen wurden, war doch Zufall, oder?"

„Es gibt keine Zufälle, Martin. Als zufällig erscheinen uns Ereignisse nur, weil wir nicht das gesamte Bild, sondern nur einen Ausschnitt sehen."

Bild? Blank reibt sich die Augen, denn plötzlich sieht er das Bild vor sich, das er bei Maria gelassen hat. Zunächst nur verschwommen, bis der Wanderer über dem Nebelmeer entsteht. Blank erblickt ihn nun von der Seite. Der Nebel hat sich fast vollständig aufgelöst, der Blick auf einen strahlendblauen Himmel ist freigegeben. Auch der Weg, der über Wiesen und durch Wälder führt, ist deutlicher zu erkennen. In diesem Augenblick erkennt Blank etwas: Man muss die Perspektive wechseln und nur hoch genug hinaufsteigen, um den Himmel zu sehen. Über dem Nebel und über den Wolken wartet immer der strahlendblaue Himmel auf uns. Wenn wir uns über ein Problem erheben und eine gewisse Distanz zu ihm gewinnen, können wir auch die Lösung erkennen; stecken wir dagegen mittendrin, scheint uns die Lage aussichtslos. So wie bei dem streitenden Paar.

Martin zupft ihn ungeduldig am Ärmel: „Blank, warum wurden die beiden gerade jetzt bestohlen? Das war doch sicher Zufall, oder etwa nicht?"

„Sie werden von Existenzängsten angetrieben, die ihnen nicht bewusst sind. Er glaubt, noch mehr Geld verdienen zu müssen, um abgesichert zu sein, sie hat Angst, ohne ihn finanziell nicht auszukommen. Beiden fehlt das Vertrauen, dass ihnen immer genügend Geld zur Verfügung stehen wird, um ihre wahren Bedürfnisse zu erfüllen."

Blank denkt einen Augenblick lang nach, lauscht in sich hinein, bevor er fortfährt: „Es ist ebenso vorstellbar, dass seine Geschäfte nicht immer ganz sauber waren, dass er hier und da etwas gemogelt und deshalb einen Dieb angezogen hat. Er hat ja auch versucht, dich über den Tisch zu ziehen. Wo aber wird er das Problem suchen?"

„Na, beim Dieb."

„Klar, denn bei sich selbst will er ja nicht schauen. Also gibt er dem Spiegel die Schuld."

„Was geht da denn jetzt ab?." Martin zeigt mit dem Finger zum Auto hinüber, in das sich Martensen gebeugt hat. Dieser kommt mit hochrotem Kopf hervor und brüllt: „Na Klasse, mein Handy ist auch weg. Gut gemacht, mein Schatz! Weißt du überhaupt, wie viel das gekostet hat?“ Seine Stimme tropft vor Zynismus. „Wirklich super! Vielen Dank.“

„Gern geschehen, Schatz“, erwidert sie spitz.

Diese Bemerkung bringt bei ihm das Fass zum Überlaufen. „Weißt du was? Geh doch wieder arbeiten! Sieh zu, wie du dein eigenes Geld verdienst, damit du endlich begreifst, wie schwer das ist. Ab jetzt ist Schluss mit Papas goldener Kreditkarte!“, tobt er.

Sie versucht ihm die Stirn zu bieten: „Und weißt *du* was? Du kannst dein Nachtlager auf dem Sofa aufschlagen. In mein Bett lasse ich dich jedenfalls nicht mehr! Du verstehst sicher, was das bedeutet, Schatz.“

„Auf das eine Mal im Monat kann ich auch noch verzichten!“, giftet er zurück.

Martin schaut Blank fragend an. Der antwortet traurig auf seine stumme Frage: „Siehst du, wie sie sich gegenseitig hochschaukeln und wie die Situation außer Kontrolle gerät? Wenn das so weitergeht, kommt es noch zu einer Katastrophe.“

„Sieht ganz danach aus“, pflichtet ihm Martin bei.

„Jeder der beiden versucht, den anderen in seiner Spezialdisziplin fertigzumachen, um ihm zu zeigen, dass er ihm überlegen ist. Er dreht den Geldhahn zu, sie verweigert ihm Sex. Jeder versucht, den anderen kleiner zu machen, damit er nur nicht sein eigenes Problem anschauen muss. Wenn die beiden nicht bald die Chance erkennen, die in der Situation steckt, wird es bei der nächsten besten Gelegenheit erneut zum Streit kommen, bis sie sich trennen oder einer von ihnen erkrankt. Die Natur wird auf irgendeine Weise für ein Gleichgewicht sorgen.“

Martin schaut ihn mit großen Augen an: „Woher weißt du das bloß alles?“

„Ich weiß es nicht. Ich schaue gut zu, ich höre genau hin, ich vertraue auf meine innere Stimme. Ich glaube, ich fange langsam an, die Spielregeln des Lebens zu verstehen“, antwortet Blank.

„Welche Regeln sind das?“

„Das Leben ist ein Spiel, aber die meisten Menschen haben keine Ahnung, nach welchen Regeln es gespielt wird. Sie verschließen die Augen, aber beklagen sich darüber, dass sie nichts sehen können. Dabei brauchten sie nur die Augen zu öffnen. Und natürlich fühlen sie sich permanent als Opfer der Umstände.“

„Sind wir das denn nicht?“

„Nein, Martin, wir sind nicht Opfer, sondern Schöpfer unserer Wirklichkeit ...“ Nach einer kurzen Pause ergänzt er: „Das sagt zumindest meine innere Stimme. Und ich habe mir in den letzten Tagen angewöhnt, auf sie zu hören. Ich weiß zwar nicht, wer ich bin, aber ich bin dabei, es herauszufinden. Auf diesem Weg habe ich wunderbare Menschen wie dich kennengelernt, die mir mein Inneres spiegeln. Durch deine Probleme erkenne ich auch meine. Dafür danke ich dir.“

Er umarmt Martin.

„Eines kann ich dir mit Gewissheit sagen: Wenn du auf seinen Vorschlag eingegangen wärst, hätte er dich auf jeden Fall über den Tisch gezogen. Er glaubt, dass es immer einen Gewinner – sich selbst – und einen Verlierer geben muss. Diese Rolle hatte er für dich reserviert, Martin. Er kann sich einfach nicht vorstellen, dass beide Seiten gleichermaßen profitieren können.“

„Bei aller Freundschaft, Blank, ich hätte mich nie von ihm über den Tisch ziehen lassen“, entgegnet Martin.

„Unter Umständen nicht, aber überleg doch mal, warum so viele Menschen, die im Lotto eine Million gewinnen, das gesamte Geld so schnell wieder verlieren.“

„Die konnten entweder nicht mit Geld umgehen oder waren unvorsichtig. Was weiß ich.“

„Wenn jemand nicht gelernt hat, mit kleinen Beträgen vernünftig umzugehen, wird er dies auch mit großen nicht können. Erinnerst du dich an ‚Wie innen so außen‘? Wenn die innere Einstellung zum Geld dieselbe ist wie vor dem Gewinn, reagiert die Außenwelt darauf, indem sie dir das Geld wieder abnimmt. Das wollte dir die Situation zeigen. Was für ein wunderbares Geschenk!"

„Mag ja sein, aber was bedeutet das konkret?"

Martin sieht seinen Hund an, als könne dieser ihm die Antworten geben, die er dringend brauchte. Warum zum Beispiel nahm er seine innere Stimme nicht wahr?

„Schließ bitte deine Augen", sagt Blank unvermittelt, „und stell dir noch einmal deinen Traum vor, in allen Einzelheiten. Spür die Wärme der Sonnenstrahlen im Gesicht, den Sand unter den Füßen. Hör das Rauschen der Brandung und das sanfte Säuseln des Windes. Das ist Glück für dich. Fühle es, werde zu deinem Glück. Sei dein Glück."

Martins Züge entspannen sich sichtlich, ein Lächeln umspielt seine Mundwinkel. Er summt eine Melodie und klopft mit den Händen den Takt dazu. Offensichtlich ist er vollständig in seine Innenwelt eingetaucht.

Blank will ihn nicht stören und schaut zu dem streitenden Paar hinüber. Die Situation scheint sich etwas entspannt zu haben, die beiden schreien sich nicht mehr an, sondern reden in normaler Lautstärke miteinander.

„Wenn du doch nur einmal auf die Idee kämst, dass ich auch noch andere Bedürfnisse haben könnte", sagt sie.

Er schaut sie verblüfft an. „Welche denn?"

Sie zögert. Es fällt ihr sichtlich schwer, diesen Teil ihres Innenlebens preiszugeben, den sie so lange unterdrückt hat. Mit einem Seufzer sagt sie: „Zum Beispiel ein Kind von dir."

„Du möchtest ein Kind von mir? Das hast du mir nie gesagt." Seine Miene schwankt zwischen ungläubigem Staunen und hoffnungsvollem Entzücken.

„Ich hatte Angst. Ich wollte dich nicht überfordern …"

„Mensch, Sabine, komm her. Ich hatte ja keine Ahnung, ich war so blind." Er schließt sie in die Arme. Als sie anfängt zu weinen, reicht er ihr ein Taschentuch und küsst sie auf die Stirn.

Den entrückten, überglücklichen Gesichtsausdruck Blanks nimmt niemand wahr.

Kapitel 14

Wenn Angst Wirklichkeit wird

Blank wendet sich zum Gehen, er ist mit Leon verabredet. Aber kaum hat er sich ein paar Meter entfernt, hört er Martins Stimme: „He, Blank, wo willst du denn hin?"

„Zum Eis essen", ruft er gut gelaunt zurück.

„Warte einen Augenblick. Mir ist da etwas eingefallen, als ich mir meinen Traum vorgestellt habe." Er zögert, es scheint ihm peinlich zu sein, das Erlebte mit einem anderen zu teilen.

„Was denn? Nun sag schon, ich bin gespannt."

„Also eigentlich ist es mir ja nicht eingefallen, ich habe es vor mir gesehen, Blank. Ich habe es so deutlich vor mir gesehen, wie ich dich jetzt sehe."

Blank kommt zurück. Er zieht Martin mit in ein direkt am Platz gelegenes Straßencafé. Der wehrt ab: „Nee, lieber nicht. Ich kann doch meine Bilder nicht allein lassen."

„Sancho Panza wird bestimmt gut auf sie aufpassen und außerdem können wir sie ja von hier aus sehen. Ich glaube auch nicht, dass jemand eines deiner Bilder stehlen wird. Schließlich kosten sie ja nur fünf Euro, da lohnt sich der Aufwand nicht", sagt Blank lachend.

„Du willst mich wohl auf den Arm nehmen, du Neunmalkluger." Martin schüttelt sich vor Lachen. „Fast wäre ich darauf hereingefallen. Also komm, ich lade dich auf ein Eis ein."

„Nein danke, Eis esse ich nachher mit Leon. Aber zu einem Wasser lasse ich mich gerne einladen."

„Leon? Wer ist denn Leon?“

„Ach, das ist eine lange Geschichte. Ich erzähle sie dir ein anderes Mal. Nun bin ich gespannt, was du so Aufregendes gesehen hast.“

„Zwei Mineralwasser“, ruft Martin der Kellnerin zu, dreht sich dann wieder Blanc zu: „Also, ich befand mich hier auf dem Marktplatz. Sancho Panza lag genauso da wie jetzt. Neben mir saß eine Frau vom Fernsehen, die mich interviewt hat.“

„Ein Interview?“

„Ja. Kannst du das glauben? Es war zwar nur ein Lokalsender, aber den sehen ja die meisten Leute in der Region. Sie hat mir jede Menge Fragen gestellt. Woher ich dieses einzigartige Talent habe – Blank, stell dir vor, sie hat einzigartig gesagt! –, ob ich Kunst studiert habe, was meine Pläne sind. Einfach alles.“

„Das ist wunderbar, Martin.“

„Dann habe ich zufällig mitbekommen, wie mich die Zuschauer angesehen haben, Blank. So, als ob ich etwas Besonderes wäre.“

„Das bist du, Martin. Ein ganz besonderer Mensch mit einem ganz besonderen Talent.“

„Du hast von Anfang an an mich geglaubt, oder?“

„Ja, das habe ich. Als ich dich das erste Mal sah, wusste ich, dass du es zu etwas bringen würdest.“

„Dafür danke ich dir, mein Freund.“

„Gern geschehen. Aber zurück zur Realität. Es langt nicht, dies alles in einer Vision zu sehen, du musst dafür sorgen, dass die innere und äußere Wirklichkeit eins werden.“

Martin schaut nachdenklich drein, sagt dann niedergeschlagen: „Ich kenne niemanden beim Fernsehen. Ich habe nicht die geringste Ahnung, wie ich das bewerkstelligen soll.“

„Das mit dem Fernsehen ist der zweite Schritt. Der erste besteht darin, dass du diesen Platz als deine Bühne nutzt, dass du in aller Munde bist. Lass dir etwas Ungewöhnliches einfallen. Dass du kreativ bist, hast du bereits bewiesen. Jetzt wende deine Kreativität auch in diesem Bereich an."

Eine Uhr schlägt halb fünf. „Ich muss los, ich kann doch Leon nicht warten lassen."

„Ja, der geheimnisvolle Leon, der soll nicht warten müssen", scherzt Martin. Die beiden verabschieden sich.

Es langt nicht, etwas zu wissen, man muss das Wissen auch umsetzen. Es reicht nicht aus, eine Vision von deiner Zukunft zu haben, du musst etwas dafür tun, damit sie Wirklichkeit wird.

Martin sieht sich um. Woher kommt diese Stimme plötzlich?

Du kannst dich umschauen so viel du willst, du wirst mich nicht entdecken, denn ich bin nicht dort draußen, ich bin in dir. Ich bin du.

Als Blank im Eiscafé ankommt, wartet Leon bereits auf ihn.

„Tut mir leid, dass ich mich verspätet habe", beginnt Blank, aber Leon winkt ab: „Ich war zu früh da."

Kaum hat Blank sich gesetzt, als ihn wie aus heiterem Himmel eine neue Erinnerung überfällt.

Karen ist ins Bad gegangen. Ich schleiche mich ins Wohnzimmer, nehme ihr Handy. Ich will nur einen kurzen Blick auf ihre SMS werfen. Ich weiß nicht, was ich erwartet habe, aber was ich im Postausgang sehe, raubt mir den Atem.

„Vollmacht erteilt. Haus wird er nicht überschreiben. Mehr ist nicht drin. Besorgst du die Schlaftabletten? Ild."

Im Posteingang finde ich: „Tabletten geht klar. Soll ich ihn schon löschen? Ild."

Das war die letzte SMS, die vor einer Stunde empfangen wurde. Sie hat noch nicht darauf geantwortet. Was heißt das: Soll ich ihn schon löschen? Und wofür braucht sie die Schlaftabletten? Ich habe das Gefühl, ich drehe durch …

„Ich drehe durch, ich drehe durch.“ Blank wiederholt es immer wieder. Der Kopf fällt ihm auf die Tischplatte.

„Was ist mit dir, großer Zauberer? Warum drehst du durch?“ Besorgt streicht Leon über Blanks Arm. „Ist alles in Ordnung?“

Blank richtet sich auf und ringt sich ein gequältes Lächeln ab. „Ja, Leon, es ist alles in Ordnung, mich quälen nur furchtbare Kopfschmerzen.“

„Ach, Kopfschmerzen. Das kenn ich. Hatte Mama früher auch öfter mal. Da musst du Eis essen. Schoko mit Zitrone hilft am besten.“

Blank lacht. „Also einmal Schokolade mit Zitrone, bitte.“

„Und ich nehme Erdbeere, Schoko, Nugat und Zitrone.“

„Das passt alles in deinen Bauch? Wird dir nicht übel davon?“

„Nee, danach geht's mir immer prima. Und Kopfschmerzen hab ich noch nie gehabt. Ist wohl eher was für Erwachsene, die sich zu viele Gedanken machen.“

Während die beiden auf ihr Eis warten, versucht Blank, sich aus dem Griff dieser verstörenden Vision zu befreien. Die Sache wird immer mysteriöser. Je näher er der Wahrheit kommt, je mehr er sich an seine Vergangenheit erinnert, desto dringender wünscht er sich, sich nie mehr daran zu erinnern. Leons Stimme holt ihn zurück.

„Was?“

„Ich hab gefragt, ob du traurig bist.“

„Ja, ein bisschen, aber vor allem bin ich verwirrt. Ich weiß nicht, ob du das verstehen kannst, Leon.“

„Das kann ich gut verstehen, ich bin nämlich auch oft verwirrt. Zum Beispiel, wenn ich Matheaufgaben machen soll, dröhnt mir der Kopf und die Zahlen tanzen wie wild durcheinander. Meinst du das mit verwirrt?“

Blank muss wider Willen lachen. „So ähnlich, Leon.“

Am Tisch neben ihnen sitzen ein korpulenter Mann und eine adrett gekleidete junge Frau, die sich zu streiten scheinen. *Wieder so ein Beziehungskrach*, denkt Blank, *ich ziehe das ja heute förmlich an.*

Doch er täuscht sich, denn als er genauer hinhört, versteht er, was der Mann, der offensichtlich schwer erschüttert ist, vor sich hinmurmelt: „Aber das können die doch nicht machen!"

Die Frau legt mitfühlend eine Hand auf seinen Arm und sagt leise: „Aber sie haben es getan."

„Doch nicht nach fünfzehn Jahren. Einfach so, aus heiterem Himmel."

„Sie haben ja recht, das ist nicht nett, aber Sie müssen jetzt nach vorne schauen."

Er schaut sie verständnislos an. „Nicht nett? Nach vorne?" Dann dreht er sich um und winkt der Kellnerin: „Noch ein Bier und einen Klaren." Er korrigiert sich: „Nein, lassen Sie das Bier weg. Bringen Sie mir nur zwei Klare."

Dumpf starrt er in sein Glas. „Einfach weggeworfen haben die mich. Und ich Idiot glaubte noch an eine Beförderung."

„Das stand nie zur Debatte. Wenn Sie jetzt in Selbstmitleid versinken, bringt das überhaupt nichts. Reißen Sie sich doch bitte zusammen!"

„Ich habe mich mein Leben lang zusammengerissen. Und was hat es mir gebracht? All mein Wissen, meine Zeit, mein Können habe ich in die Firma investiert und plötzlich taucht ein Schnösel frisch von der Uni auf, hat keine Ahnung, dafür aber eine umso größere Klappe ..."

Er redet sich immer mehr in Rage. Die junge Frau steht auf: „Also Herr Reichwein, ich muss Ihnen sagen, so geht das nicht. Ich hatte gehofft, Sie würden vernünftig sein. Deshalb habe ich mich ja überhaupt darauf eingelassen, Sie hier an einem neutralen Ort zu treffen, aber wenn ..."

„Ach, fahren Sie doch zur Hölle! Sie stecken doch mit denen unter einer Decke", ruft er erregt.

„Zur Hölle werde ich ganz gewiss nicht fahren, aber mir scheint, Sie sind auf dem besten Weg dorthin. Angenehmen Tag noch." Damit stolziert sie davon. Das Geräusch ihrer hochhackigen Schuhe hört sich an wie ein Triumphmarsch.

Der Mann sieht sich selbst als Opfer einer Intrige. Die anderen tragen Schuld an seiner Situation. Er fragt sich nicht, was er zu der Lage beigetragen hat. Seine Ängste hat er nie betrachtet, sondern verdrängt, bis er entlassen wurde. Wie stehen wohl seine Chancen auf einen neuen Job, wenn er seine Einstellung nicht ändert?

„Überhaupt nicht gut."

Das stimmt, aber er bekommt jetzt die Chance, sich seinen Ängsten zu stellen und aus der Opferrolle hinauszutreten. Jahrelang hat er geschuftet, immer brav den Mund gehalten, während andere – häufig weitaus weniger Qualifizierte – auf der Karriereleiter an ihm vorbeigeklettert sind.

„Aber was kann er denn tun?"

Vor allem muss er sich seiner Angst stellen, ein Versager zu sein. In seinem bisherigen Job hat er tatsächlich versagt, weil dieser nicht seinen wahren Fähigkeiten und Bedürfnissen entsprochen hat. Akzeptiert er seine Angst, kann er die Energie, die er bisher aufgewendet hat, sie zu verdrängen, darauf verwenden, sich auf die Dinge zu konzentrieren, die ihm wirklich etwas bedeuten.

In diesem Augenblick stürmt eine Frau ins Café. Sie schlägt mit der Hand dermaßen hart auf den Tisch, dass die Gläser zittern. Erschrocken fährt Herr Reichwein hoch. Seine Augen sind gerötet, seine Wangen eingefallen.

„Das bedeutet es also, wenn du sagst, du hättest eine geschäftliche Besprechung. Wer ist die Schlampe? Wie lange geht das schon? Jetzt bloß keine Ausreden, ich habe euch beide nämlich die letzten Minuten beobachtet."

Herr Reichwein will zu einer Erklärung ansetzen, aber sie lässt ihn nicht zu Wort kommen. „Weißt du eigentlich, wie mies das ist? Hast du auch nur die geringste Ahnung, wie ich mich dabei fühle?" Ihre Wut verwandelt sich in Traurigkeit, sie weint.

„Angela, es ist nicht das, wonach es aussieht", beginnt er lahm.

„Jetzt bitte keine Klischees. Das ertrag ich nicht", zischt sie. Sie blickt ihm direkt in die Augen. „Wonach sieht es wohl für mich aus?" Sie stößt die Worte schluchzend hervor.

Er greift nach ihrer Hand, die sie ihm hastig entzieht. „Angela, ich muss dir etwas sagen."

„Meinst du nicht, dass es dafür jetzt zu spät ist, da ich die Tatsachen ohnehin schon kenne?"

„Tatsachen?" Er lacht bitter auf. „Angela, Tatsache ist, dass ich entlassen worden bin. Die Frau von eben ist die Firmenpsychologin, die mit mir darüber reden wollte."

„Entlassen?" Sie schaut ihn fassungslos an.

„Ja, gefeuert! Nach fünfzehn Jahren. Einfach so. Ruckzuck ging das. Das Türschild wurde ausgewechselt, meine Chip-Karte gesperrt. An meinen Computer konnte ich auch nicht mehr. Zehn Minuten ließen sie mir, um meine Sachen zusammenzupacken. Vor meinen Kollegen unter den Augen des Sicherheitsdienstes. Das war so demütigend!"

„Wann ist das denn passiert?"

Er traut sich kaum, sie anzusehen. „Vor zwei Wochen. Seitdem tue ich jeden Morgen so, als ob ich zur Arbeit ginge, laufe durch die Stadt und schaue mir die Stellenanzeigen an. Aber weißt du was?"

Sie schüttelt den Kopf.

„Ich bin zu alt. Ich bin vor zwei Monaten fünfundvierzig geworden, also zähle ich bereits zum alten Eisen. Kannst du dir das vorstellen?"

Sie schüttelt wieder den Kopf. „Warum hast du mir denn nichts davon erzählt?", fragt sie.

„Weil ich mich so furchtbar geschämt habe." Auch jetzt kann er ihr nicht in die Augen sehen.

„Aber ich wäre doch für dich da gewesen."

„Ich wollte vor dir nicht als Versager dastehen." Dann fügt er noch leise hinzu: „Vor allem nicht vor deinem Vater."

„Vor meinem Vater? Was hat der denn damit zu tun? Bist du mit mir verheiratet oder mit ihm?"

Reichwein ignoriert ihren Einwand. „Er hält mich für eine Null. Er war seit je der Meinung, ich könne seiner Tochter nichts bieten und habe sie nicht verdient."

„Aber ich liebe dich doch." Sie umarmt ihn.

Er lässt es steif geschehen. Immerhin hebt er zum ersten Mal den Kopf und schaut ihr in die Augen. „Was kann ich dir denn jetzt noch bieten? Schließlich kommst du ja aus einer feinen Familie."

„Ich pfeife auf meine Familie. Ich liebe dich und du liebst mich. Alles andere ergibt sich von selbst."

Leon hat das Gespräch mit Interesse verfolgt. Die Streitereien zwischen seinen Eltern endeten nicht mit einer Umarmung, sondern meist damit, dass sein Vater mit einem Türknallen aus der Wohnung stürmte.

Blank, dem aufgefallen war, wie konzentriert Leon zuhört, stupst ihn an. „Siehst du, er dachte, er sei nicht gut genug für seine Frau. Weißt du, warum er das denkt?"

„Nee, keine Ahnung."

„Weil er davon überzeugt ist, dass eine attraktive Frau aus gutem Hause sich nie mit so einem Versager wie ihm abgeben würde."

„Was ist ein gutes Haus? Gibt es auch böse?"

Blank lacht und verwuschelt Leons Haar. „Sehr gut, Leon."

„Dann wollte er also für seine Frau cool sein?"

„Ja, so könnte man das sagen. Und weil er cool sein wollte, hat er brav geschuftet und nichts riskiert. Er glaubte, er müsse für seine Frau ein guter Versorger sein. Aber dabei hat er etwas übersehen."

„Was denn?" Leon rutscht unruhig auf seinem Stuhl hin und her.

„Er hat übersehen, dass seine Frau nicht an Sicherheit interessiert ist und überhaupt nicht erwartet, rundum versorgt zu werden. Viel lieber wäre es ihr, wenn ihr Mann sich entfalten könnte und das täte, was ihm wirklich Freude bereitet. Und das Schlimme ist, wegen seiner Heimlichtuerei hat sie geglaubt, er habe eine Affäre."

„Was ist denn eine Affäre?" Leon runzelt die Stirn.

Blank lacht: „Erwachsene tun manchmal Dinge, die sie eigentlich nicht tun wollen und von denen sie genau wissen, dass sie nicht gut für sie sind."

„Das verstehe ich nicht."

„Ich auch nicht, Leon." *Ich verstehe vieles nicht, was wir tun*, denkt Blank und wird unvermittelt in die Vergangenheit gerissen.

Was heißt: Soll ich ihn schon löschen? Und wofür braucht sie die Schlaftabletten? Ich habe das Gefühl, ich drehe durch … Ild? Was heißt Ild? Ich versuche mir die Fäuste gegen die Schläfen zu pressen, weil mir gleich der Kopf platzt, aber ich habe keine Hände und auch keinen Kopf. Ich bin nur Erinnerung … Ich will das nicht … Loschen? Wer will mich löschen?

Leon schleckt das letzte bisschen Eis aus dem Becher, steht auf und geht zu dem Paar hinüber. „Blank sagt, es ist gut, dass Sie entlassen wurden, weil Sie jetzt Ihre Frau wieder lieben können."

„Was? Wer ist Blank?", fragt die Frau.

„Was soll denn daran gut sein?", fragt der Mann.

„Entschuldigen Sie bitte, ich bin Blank, und ganz so habe ich es nicht gesagt", sagt Blank, der aus der Vergangenheit zurückgekehrt und an ihren Tisch getreten ist.

„Nein, nein, irgendwie stimmt es ja. Ich hatte immer Angst zu versagen und es hat sich bestätigt, dass die Angst berechtigt war."

„Nein, sie war unberechtigt, aber sie wollte Ihnen etwas zeigen. Dass Sie gerade jetzt entlassen wurden, ist doch eine große Chance für Sie."

„Wieso Chance? Das verstehe ich nicht."

„Ich auch nicht, großer Zauberer", wirft Leon ein.

„Großer Zauberer?"

„Ist nur ein Witz zwischen uns beiden", erklärt Blank. „Was hat Ihnen Ihre Versagensangst bisher eingebracht?"

„Na ja, weil ich Angst hatte, für eine Niete gehalten zu werden, habe ich geackert wie ein Gaul und mich von der Pike auf hochgearbeitet."

„Das ist doch etwas Positives. Sie haben alles aus eigener Kraft geschafft. Das ist eine enorme Leistung!"

Reichwein schaut nachdenklich seine Frau an: „Wenn man es so betrachtet ..."

„Aber es geht noch weiter", sagt Blank. „Sie haben sich ständig selbst unter Druck gesetzt, Höchstleistungen erbracht, waren immer zuverlässig. Warum sind Sie trotzdem entlassen worden?"

„Keine Ahnung. Der junge Schnösel von der Uni konnte sich halt besser verkaufen als ich alter lahmer Ackergaul." Seine Frau legt ihm eine Hand auf den Arm. Sie streicht ihm zärtlich über die Haare.

„Oberflächlich betrachtet ist Ihre Situation ein Desaster", sagt Blank.

Reichwein nickt. „Kann man so sagen." Er schaut sehnsüchtig auf die leeren Gläser.

„Aber wenn Sie einmal etwas in die Tiefe gehen, dann können Sie vielleicht sehen, welche Chance sich in der jetzigen Situation verbirgt." Blank denkt einen Moment lang nach. „Wie steht es um Ihr Selbstvertrauen?"

„Selbstvertrauen?" Herr Reichwein lacht bitter auf. Er ballt die Hände. „Das ist einfach: Ich habe keins!"

„Ihr mangelndes Selbstvertrauen haben Sie mit Arbeit kompensiert. Aber dadurch ist es nicht gewachsen. Wer soll Ihnen denn vertrauen, wenn Sie sich selbst nicht vertrauen?"

Reichwein schaut seine Frau an.

„Was hat Ihre Frau eben noch von Ihnen gedacht?"

„Dass ich sie betrüge." Beschämt senkt er seinen Blick, aber sie hebt seinen Kopf, sodass er ihr in die Augen schauen muss. Und dort sieht er kein Misstrauen, keine Verachtung, wie er befürchtet hatte, sondern nur eines: Liebe.

„Sie hat Ihnen nicht vertraut. Hat Ihr Chef Ihnen denn vertraut? Hat er in Ihnen einen Menschen gesehen, auf den er sich hundertprozentig verlassen kann?"

Reichwein zuckt mit den Schultern. „Keine Ahnung. Woher soll ich wissen, was im Kopf meines Chefs vorgeht?"

„Der junge Schnösel – wie Sie ihn nennen – hatte einfach großes Selbstvertrauen. Das hat Ihr Chef gespürt. Er war der Mann der Zukunft, Sie waren der Mann der Vergangenheit. Die Firma will expandieren, da konnte Ihr Chef es nicht riskieren, Menschen ohne Selbstvertrauen an Bord zu haben."

„Wie schrecklich!"

„Schrecklich, aber für Sie die größte Chance Ihres bisherigen Lebens. Kennen Sie den Spruch: Wie innen, so außen?"

Reichwein schüttelt den Kopf.

„Das, was Sie in sich tragen, das strahlen Sie nach außen aus."

„Ach, das meinen Sie. Ich hatte einmal einen Kurs in positivem Denken belegt und mir oft vorgestellt, dass ich befördert werde."

„Das hast du mir nie erzählt", wirft seine Frau überrascht ein.

„Es schien mir damals ziemlich albern zu sein. Deshalb behielt ich es für mich. Ich hatte Angst, du würdest …"

Sie unterbricht ihn: „Werner, immer diese Angst. Ich bin deine Frau und möchte an deinem Leben teilhaben. Ich liebe dich."

„Ich liebe dich auch, Angela." Er schluckt. „Von jetzt an werde ich dir alles erzählen."

Blank schaut die beiden an. „Der Sinn Ihrer Krise liegt darin, sich Ihrer bisherigen Verhaltensweisen bewusst zu werden. Erkennen Sie, was Sie daran hindert, die von Ihnen angestrebten Ziele zu erreichen."

„Sie spielen auf mein mangelndes Selbstvertrauen und meine Versagensängste an?"

Blank schweigt. Es ist es an der Zeit, dass er selbst die Lösung findet.

Nach einer Weile sagt Angela leise zu Ihrem Mann: „Weißt du eigentlich, warum ich dich geheiratet habe?"

Er schaut sie nur stumm an und schüttelt bedächtig den Kopf.

„Weil du ein einfühlsamer, zärtlicher Mann bist. Das genaue Gegenteil zu meinem Vater. Du bist intelligent, kreativ, du kannst dich an kleinen Dingen erfreuen und du bringst mich zum Lachen. Ich habe in dir immer einen Diamanten gesehen, der nur noch den Feinschliff braucht, um richtig zu glänzen."

„Das alles bin ich für dich? So siehst du mich?", fragt Herr Reichwein ungläubig. Ihm stehen die Tränen in den Augen.

„Ja, das bist du für mich. Und ich hoffe, dass du es auch für dich bist."

Er senkt den Kopf und sagt leise: „Ich fürchte, ich bin es nicht."

„Warum haben Sie Ihre Frau denn geheiratet?", meldet sich Blank.

Herr Reichwein lebt sichtlich auf, als die Sprache auf seine Frau kommt. „Sie ist der wunderbarste Mensch auf Erden", fängt er an zu schwärmen und schaut sie liebevoll an. „Ich habe dich geheiratet, weil du für mich ein Engel bist, ein leuchtendes Wesen aus einer anderen Welt. Ich habe immer zu dir aufgeschaut und nie gedacht, dass du etwas an mir finden könntest. Wie kann ein Engel wie du einen Niemand wie mich lieben?"

Beschämt lässt er den Kopf in die Hände sinken.

„Was hat Ihnen Ihre Frau gerade gesagt?", fragt Blank.

„Dass sie mich liebt?"

„Obwohl Sie ein Loser sind", wirft Leon ein. Erschrocken hält er die Hand vor den Mund. „Entschuldigung", setzt er kleinlaut hinzu.

„Du hast ja recht", sagt Herr Reichwein lachend und streicht Leon über den Kopf. „Ich habe mich wirklich für einen Verlierer gehalten." Er richtet sich auf und man erkennt, dass er trotz einiger überflüssiger Pfunde ein gut gebauter Mann ist. „Aber damit ist jetzt Schluss!"

Er sieht seine Frau direkt an. „Angela, dich habe ich immer geliebt, aber mich selbst nicht.“ Dann ergänzt er: „Und meinen Job, den habe ich gehasst! Ich bin geradezu erleichtert, ihn los zu sein. Weißt du, was mein Traum ist?“

Sie schüttelt den Kopf und schaut ihn erwartungsvoll an.

„Ich möchte mich selbstständig machen, meine eigene Firma gründen. Ich bin es leid, für andere Leute zu arbeiten und mein Licht unter den Scheffel zu stellen.“

„Warum tun Sie es denn nicht?“, fragt Blank unschuldig.

„Sie trauen sich einfach nicht“, meldet sich Leon zu Wort. Er errötet. Die drei Erwachsenen lächeln nur und nicken anerkennend.

Reichwein schaut seine Frau an. „Der Junge hat vollkommen recht. Bisher habe ich mich nie getraut. Aber jetzt möchte ich endlich etwas Eigenes auf die Beine stellen.“

Sie nickt ihm aufmunternd zu und fragt: „Was ist dein Plan?“

Reichwein holt tief Luft, bevor er antwortet. Man merkt ihm an, dass er es nicht gewohnt ist, sich selbst ins Rampenlicht zu setzen. „Vor Jahren habe ich eine spezielle Software für eine Partnervermittlungsagentur entwickelt. So eine Agentur aufzubauen, das wäre mein Traum. Menschen zusammenzubringen, das ist das, was ich wirklich möchte.“ Dann fügt er hinzu: „Das ist etwas, was ich kann. Ich bin einfühlsam und ich erkenne, ob Menschen zusammenpassen oder nicht.“

Seine Frau umarmt ihn. „Das ist wunderschön, Werner. Schade, dass du uns dabei aus den Augen verloren hast und dass es erst zu dieser Krise kommen musste“, sagt sie nachdenklich.

„In Krisen stecken Chancen, das sehen Sie jetzt, oder?“, wirft Blank ein. Die beiden nicken.

Blank wendet sich direkt an Frau Reichwein: „Ihr Mann hat ständig zu Ihnen und Ihrer Familie aufgeschaut. Es war sehr schwer für ihn, Selbstvertrauen zu entwickeln und sich zu seinen eigenen Ideen zu bekennen.“

„Ihr seid ein tolles Paar“, meldet sich Leon.

Blank unterstützt ihn. „Das finde ich auch. Könnten Sie nicht gemeinsam etwas aufbauen? Es steckt schließlich ein Sinn dahinter, dass Sie sich gefunden haben."

„Klar!", ruft Herr Reichwein spontan aus. „Bist du dabei, Angela?"

Sie ist sofort Feuer und Flamme. „Wenn du das ernst meinst, steh ich voll und ganz neben dir. Wir meistern das zusammen."

„Das grobe Konzept habe ich im Kopf. Nur die Details müssen noch ausgearbeitet werden."

„Ich könnte die Öffentlichkeitsarbeit übernehmen. Schließlich habe ich Betriebswirtschaft studiert und früher in einer Werbeagentur gearbeitet."

Die beiden umarmen sich.

„Bist du nicht schon zu lange aus der Branche raus?", fragt er scherzend.

„Was? Traust du deiner eigenen Frau nicht?" kontert sie.

„Doch! Und wie ich dir traue! Dir traue ich oft mehr als mir selbst. Ich weiß, dass wir es gemeinsam schaffen werden. Das wird wie eine Bombe einschlagen."

Blank steht auf. „Das Programm, das Sie bisher gesteuert hat, verändert sich. Ich freue mich, dies mitzuerleben."

Reichwein kämpft mit den Tränen. „Wie kann ich Ihnen nur danken? Ich kenne Sie nicht, aber Sie scheinen so viel über mich zu wissen. Hat Sie ein Engel geschickt?", fragt er leise.

Blank winkt lachend ab. „Ich schaue einfach genau hin und höre gut zu. Das ist alles."

„Er hat vergessen, dass er ein Zauberer ist", sagt Leon.

„Ich leide momentan zwar unter Gedächtnisverlust, aber dadurch sehe ich viele Dinge klarer, da ich mich derzeit nicht auf meine üblichen Verhaltensmuster fokussiere."

Blank sieht in die Ferne, redet mehr zu sich selbst. „Jede Krise beinhaltet eine Chance, die zu einer positiven Veränderung führen kann. Seien Sie beide Ihres Glückes Schmied."

„Apropos Glück“, meldet sich Leon zu Wort. „Ich hätte gerne noch ein Eis. Mit Sahne.“

Kapitel 15

Visionen, ein Ball und ein Eimer

Am Abend sitzen Maria und Leon nach dem Abendessen im Wohnzimmer auf dem Sofa. Blank erledigt in der Küche den Abwasch und summt dabei vor sich hin.

„Lass uns einen Krimi ansehen, bitte, Mama", quengelt Leon.

„Sicher nicht, du gehst jetzt ins Bett. Du schreibst morgen eine Mathearbeit, da musst du ausgeschlafen sein."

„Ach, die blöde Mathearbeit. Die mach ich doch im Schlaf", widerspricht Leon halbherzig, fügt sich aber. „Nacht, Mama."

„Gute Nacht, Leon. Schlaf gut." Sie gibt ihm einen Kuss.

„Mama! Ich bin doch kein Baby mehr!", protestiert er und flüchtet in sein Zimmer.

Im Hinausgehen ruft er in die Küche: „Nacht, großer Zauberer. Ich seh dich in meinen Träumen."

„Ja, wir sehen uns. Schlaf gut", antwortet Blank vergnügt. *Was für einen wunderbaren Tag wir hatten*, denkt er, *und er ist noch nicht vorbei.*

Blank setzt sich im Wohnzimmer auf das Sofa dicht neben Maria, die ein wenig von ihm abrückt.

„Darf ich dir etwas zeigen, Maria?"

„Was denn?"

„Hast du einen Eimer und einen Ball?"

Was hatte er vor? Blank war mit Abstand der verrückteste und zugleich interessanteste Mann, den sie je kennengelernt hatte. „In der

Küche steht ein Eimer und im Flur sollten ein paar Tennisbälle herumliegen, die Leon dort hat liegen lassen", antwortet Maria.

„Also, dann auf in die Küche." Blank nimmt den Eimer, füllt ihn mit Wasser, während Maria einen Ball holt. „Stell dir vor, der Eimer ist dein Gehirn, das Wasser dein Bewusstsein und der Ball deine Angst vor Nähe."

Wider Willen muss Maria lachen.

Blank legt den Tennisball ins Wasser, wo er auf der Oberfläche schwimmt.

„Nun stell dir vor, du willst deine Angst nicht mehr sehen. Also musst du sie verdrängen, das heißt, unter die Oberfläche deines Bewusstseins drücken. Versuch es einmal."

Maria drückt den Ball unter Wasser. „Das ist leicht."

„Eine Zeit lang mag es leicht sein, aber spürst du, dass der Ball wieder nach oben will? Du musst also Kraft aufwenden, um ihn unter Wasser zu halten. Ich bin gespannt, wie lange du es durchhältst."

„Das ist kein Problem, das kann ich lange machen."

„Warten wir es ab."

Nach ein paar Minuten fangen Marias Arme an zu zittern.

„Man braucht doch enorm viel Kraft, um etwas ständig zu verdrängen, oder?", fragt Blank.

Maria nickt. Die ersten Schweißperlen tauchen auf ihrer Stirn auf, sie atmet flacher.

„Damit der Ball nicht an die Oberfläche kommt, musst du ständig Energie aufwenden. Diese Energie fehlt dir aber für andere Dinge. Worauf konzentrierst du dich in diesem Moment, Maria?"

„Dumme Frage. Ich konzentriere mich darauf, den Ball …"

„Deine Angst", korrigiert Blank.

„Meinetwegen. Ich konzentriere mich darauf, meine Angst unter Wasser zu drücken."

„Unter die Oberfläche deines Bewusstseins, in dein Unterbewusstsein", korrigiert Blank sie erneut. „Das, worauf du dich konzentrierst, wirst du in dein Leben ziehen. Und wenn du dir deine Angst nicht eingestehst, wirst du immer wieder mit ihr konfrontiert. Das Leben will dir etwas zeigen, aber du musst es auch anschauen."

Eine Weile lang herrscht Stille. Ein erster Schweißtropfen fällt von Marias Stirn auf den Tisch. „Blank, ich kann nicht mehr", stöhnt Maria nach ein paar Minuten.

„Deshalb sind die meisten Menschen auch chronisch erschöpft, denn sie verdrängen ständig ihre Ängste. Aber auf Dauer funktioniert das nicht. Was passiert, wenn du den Ball nicht mehr unter Wasser drücken kannst?"

„Er wird an die Oberfläche kommen."

„Probier es aus. Lass ihn ganz plötzlich los."

Maria tut es und der Ball steigt nicht nur an die Oberfläche, er springt aus dem Wasser heraus, fliegt ein Stück in die Luft und landet dann auf dem Tisch, wo er ein Glas umwirft, das zu Boden fällt und in tausend Scherben zerbricht.

„Wenn du keine Energie mehr hast, die Angst zu unterdrücken, findet sie einen Weg, um sich zu befreien. Zum Beispiel in Form einer Krankheit oder eines anderen Schicksalsschlages."

Maria schaut erst ihn, dann die Glasscherben an.

„Lässt du den Ball dagegen langsam los, sodass er kontrolliert an die Oberfläche steigt, entweicht die Energie gedrosselt. Sie steht dir für andere Dinge zur Verfügung."

Maria reibt sich ihren schmerzenden Arm.

„Blank, ich hab dich das schon ein paar Mal gefragt, aber ich frage dich noch einmal. Woher weißt du das alles?"

Blank lächelt. „Und ich habe es dir schon ein paar Mal gesagt, aber ich sage es dir noch einmal. Ich weiß nicht, woher ich das alles weiß. Ich höre einfach zu."

„Wem hörst du zu?"

„Meiner inneren Stimme, Maria. Meiner inneren Stimme."

Nach einer weiteren Nacht auf dem Sofa holt Blank am nächsten Morgen das Bild hervor. Stirnrunzelnd betrachtet er es. Er sieht einen Mann, der auf einem Gipfel steht und über ein Meer aus Nebel blickt. Aber je länger er auf das Bild schaut, desto mehr scheint sich der Nebel zu lichten. Einzelne Landschaftsmerkmale treten deutlicher zutage. Auch scheint sich der Mann zu drehen. Einen kurzen Augenblick erweckt es den Eindruck, als sähe er Blank direkt in die Augen.

Noch etwas Geduld. Bald wirst du dich an alles erinnern. Du bist jetzt fast so weit, dass du die Wahrheit ertragen kannst. In den letzten Tagen haben sich in deinem Gehirn viele neue Vernetzungen gebildet. Andere, die nicht mehr gebraucht werden, wurden abgeschaltet.

„Ist das wirklich so? Mir scheint, ich brauche dir einfach nur zuzuhören und alles nachzusprechen, was du mir vorsagst. Aber das bin doch nicht ich. Ich komme mir fast vor wie ein Papagei."

Du bist alles andere als ein Papagei, denn jedes Wort, das du sprichst, verändert etwas in deinem Gehirn.

„Aber wer bin ich? Vor allem, wer bist du?"

Versuche nicht, das, was ich jetzt sage, mit dem Verstand zu erfassen. Ich bin du und ich bin nicht du.

„Na prima, vielen Dank für die erschöpfende Auskunft", kommentiert Blank.

Ich bin der, der du sein wirst und der du in Wirklichkeit immer schon warst. Hilft dir das weiter?

„Nein, doch vielleicht ist es nicht entscheidend, dass ich verstehe, wer du bist. Manchmal glaube ich, dich schon ewig zu kennen, aber lange Zeit nichts von dir gehört zu haben."

Genau so ist es. Vertraue deinem Gefühl, denn es spricht die Wahrheit.

„Frühstück ist fertig", ruft Maria aus der Küche.

„Es tut mir leid", sagt Blank, als er in die Küche kommt. „Ich bin extra früh aufgestanden und wollte das Frühstück zubereiten, aber ich war so sehr in das Bild vertieft, dass ich völlig die Zeit vergessen habe."

„Kein Problem", antwortet Maria. „Ich genieße die Zeit für mich in der Küche, wenn Leon noch schläft …"

Plötzlich fasst Blank sich mit den Händen an die Schläfen. Er stürzt zu Boden. „Diese Schmerzen! Ich halte das nicht aus!"

„Blank!" Maria beugt sich über ihn, hebt seinen Kopf und streicht ihm sanft über das Haar.

Sie streicht mir über das Haar, sie versichert mir, dass sie mich liebt, sie sagt, dass alles nur ein Missverständnis sei, dass ich sie verwechselt haben müsse, dass ich der Einzige sei …

Mir kommt es vor, als entsprängen ihrem Mund nur leere Worthülsen. Worte, nichts als Worte. Aber es steckt kein Gefühl dahinter. Ihr Mund lächelt, ihre Augen lächeln nicht. Ihre Hände, mit denen sie meine umklammert, sind kalt. Sie riechen nach Angst. Nach Lüge. „Du musst etwas trinken, Gordon!" Sie hält mir ein Glas hin. Ich bin wütend, nehme es ihr aus der Hand, werfe es gegen die Wand. Wie in Zeitlupe zerbricht es. Eine klebrige Flüssigkeit läuft an dem Bild, das dort hängt, herunter. „Gordon! Was machst du denn?" Wer ist Gordon? Bin ich das? Ich glaube, das ist mein Name. Noch etwas ahne ich plötzlich: Ich habe viel Geld geerbt. Ich bin reich.

Mit einem Ruck fährt Blank hoch. „Ich heiße Gordon. Ich fange an, mich zu erinnern." Als ein weiterer Schmerz durch seinen Kopf rast, presst er die Hände gegen die Schläfen. „Ich halte das nicht mehr lange aus. Maria, ich kann bald nicht mehr."

„Ich nehme dich gleich nach dem Frühstück mit ins Krankenhaus. Wir müssen deinen Kopf noch einmal gründlich untersuchen lassen. Sie werden dir einen Termin geben. Lass mich nur machen."

Zärtlich küsst sie ihn auf den Mund.

Leon betritt die Küche. „Immer dieses Geknutsche! Ist das Frühstück fertig? Bekomme ich Kakao? Und Rühreier? Und Cornflakes?“

„Alles, was du willst“, sagt Maria lachend. Sie löst sich von Blank. „Aber nur ausnahmsweise zur Feier des Tages“, fügt sie hinzu.

„Was feiern wir denn?“, fragen Leon und Blank wie aus einem Mund.

„Na, Blank erinnert sich. Er heißt nicht Blank, sondern Gordon.“

„Vielleicht heiße ich ja mit Nachnamen Blank“, wendet Gordon ein.

„Für mich heißt du immer noch großer Zauberer“, lacht Leon und macht sich über die Cornflakes her. „Wenn ich groß bin, werde ich ein Liebeshelfer wie du.“

„Liebeshelfer?“, fragt Maria erstaunt. „Wo hast du das denn her?“

„Isserdoch“, brummelt Leon mit vollem Mund. Nachdem er geschluckt hat, wiederholt er: „Ist er doch.“

In diesem Moment scheint es Maria, als würde eine unsichtbare Hand einen Schleier von ihren Augen nehmen. Sie schnappt nach Luft, denn was sie sieht, verschlägt ihr den Atem.

„Ist das schön!“, flüstert sie andächtig.

„Was ist so schön, Maria?“, fragt Gordon.

„Ich sehe farbige Lichtstrahlen, die von meinem Herzen aus direkt in die Brust von Leon und in deine eindringen ... Und umgekehrt.“ So plötzlich, wie diese Vision gekommen ist, so verschwindet sie auch wieder.

Gordon schließt sie in die Arme. „Ein wunderbares Geschenk wurde dir zuteil, Maria.“

„Jetzt fangt ihr aber nicht gleich wieder an zu knutschen, oder? Mir vergeht nämlich sonst der Appetit.“ Leons Bemerkung bringt die beiden zurück in die Realität des Alltags.

Leon verlangt lautstark nach seinen Rühreiern und Maria macht sich am Herd zu schaffen. Während Leon kräftig zulangt, bekommt Maria keinen Bissen herunter, weil sie noch in der Vision gefangen ist.

Auch Blank isst wenig, schweigt und schaut sie unverwandt an. „Lecker, der Grüntee“, ist das einzige, was er sagen kann.

„Also, ich seh euch nach der Schule“, ruft Leon. Er hält Gordon die Hand hin. „Schlag ein, großer Zauberer.“

„Bis später, Leon.“

Als der Junge die Wohnung verlassen hat, breitet sich eine alles durchdringende Stille in der Küche aus. Maria nimmt Gordons Hand und küsst ihn vorsichtig auf die Wange. Er schaut Maria direkt in die Augen. „Magst du noch einmal auf eine kleine Reise in deine Vergangenheit gehen?“

„Ich weiß nicht. Spätestens in einer Stunde müssen wir los.“

„So lange wird es nicht dauern. Du weißt doch, dass in der inneren Realität Zeit keine Rolle spielt.“

„Also gut.“ Maria seufzt einmal tief auf, setzt sich aufrecht hin und schließt die Augen.

Einen Moment lang ist nur das gleichmäßige Atmen der beiden zu vernehmen, bevor Gordon anfängt zu reden: Konzentriere dich nur auf die Stille in dir. Lass den Atem ein- und ausströmen. Gib dich ganz der Stille hin. Denk noch einmal an die Szene mit deiner Mutter.“

Die Küchenbank, Gordon und der Raum verschwinden. Als ich die Augen öffne, sehe ich über mir einen wolkenverhangenen Himmel. Durch die dunklen Wolken dringen zaghaft einige Sonnenstrahlen. Wieder trage ich mein rotes Lieblingskleid. Ich spüre die Erde und das Gras unter meinen nackten Füßen.

Was macht meine Mutter da? Mit wem redet sie? Sie läuft einem Schatten hinterher. Ich stehe reglos da, bin vor Angst wie erstarrt. Ich weiß, in diesem Augenblick geschieht etwas, das mein gesamtes Leben beeinflussen wird. Mir wird übel.

Meine Mutter reißt den Schatten zu sich herum und schreit ihn an: „Warum? Warum läufst du weg?“

Der Schatten antwortet, und obwohl ich die Worte meiner Mutter deutlich höre, erfahre ich von ihm keinen Laut.

„Aber ich liebe dich doch!“ Meine Mutter schreit es heraus. „Ich kann ohne dich nicht leben!“ Es folgt ein klägliches: „Bitte!“

Sie klammert sich an den Schatten, er reißt sich jedoch los.

„Du elender Feigling! Du denkst immer nur an dich! Wann hast du jemals an mich gedacht? Oder an deine Tochter?“

Er dreht sich ein letztes Mal um, ich sehe ihn, höre aber nichts. Es ist, als sei er stumm geschaltet. Jetzt verschwinden auch alle anderen Geräusche. Der Schatten löst sich auf. Meine Mutter versucht verzweifelt, ihn zu halten - vergebens.

Dann verschwindet auch sie. Zurück bleibt nur das Gefühl tiefer Verzweiflung. Ein Baum tröstet mich. Ich umarme seinen rauen Stamm, presse mein Gesicht gegen die Rinde. Niemals werde ich zulassen, dass mir jemand so weh tut. Das schwöre ich mir in diesem Moment.

„Dennoch ist es geschehen, Maria. Dir hat jemand wehgetan. Aber das alles ist Vergangenheit. Lass sie los. Lass deine alten Programme los. Du brauchst sie jetzt nicht mehr.“

Maria öffnet die Augen und wischt sich die Tränen aus dem Gesicht. Sie ist fassungslos. Hat sie sich gerade an die tatsächliche Trennung ihrer Eltern erinnert oder war ihre Vision nur eine symbolische Darstellung? Gordon reicht ihr ein Taschentuch und streicht ihr zärtlich über die Hand.

„Maria, deine Kraft und Anmut stehen im Widerspruch zu deinem Programm, dich nicht von Männern verletzen zu lassen. Du hast das Programm deiner Mutter übernommen, weil du nie mitbekommen hast, was wirklich zwischen deinen Eltern vorgefallen ist. Die Seite deines Vaters kennst du nur aus den Erzählungen deiner Mutter. Nutze die Chance, das alte Programm aufzulösen und dich davon zu befreien. Tust du es nicht, wirst du es an Leon weitergeben. Er wird an deinem Beispiel sehen, dass Frauen Männer hassen und ihnen nicht über den Weg trauen.“

Maria wischt sich entschlossen die letzte Träne aus den Augen und schaut Gordon wütend an. „Weißt du, manchmal gehst du mir ganz schön auf die Nerven. Alles, was du sagst, klingt so einfach, aber so ist das Leben nun einmal nicht."

„Wirklich nicht?"

„Nein, du verdammter Besserwisser! Wirklich nicht!" Voller Wut wirft sie das zusammengeknüllte Taschentuch nach Gordon. Als der dem Wurfgeschoss ausweichen will, stößt er sich den Kopf an der Lampe. „Aua, das tut weh!"

„Siehst du und das Leben tut auch weh." Wider Willen muss Maria lachen, als sie sein verdutztes Gesicht sieht.

„Es tut mir leid, Blank … Ich meine, Gordon."

„Du hast ja recht. Das Leben tut weh. Aber es ist kompliziert, weil wir es kompliziert machen. Und immer wenn du so wütend wirst, kannst du sicher sein, dass du etwas Wichtigem auf der Spur bist."

„Ich koche uns noch einen Tee", lenkt Maria ab.

„Was ist der Gegenpol zu deinem Programm, Maria?"

„Meine Kraft?"

„Ja, deine Kraft als Frau, die, gepaart mit deiner Schönheit, anziehend auf Männer wirkt."

Maria stellt die Teekanne ab. „Was nützt mir meine sogenannte Kraft, wenn ich doch keinen Mann finde?"

„Findest du denn wirklich keinen Mann? Also, ich kenne da einen, der durchaus Interesse hat."

„Wirklich? Wer könnte das wohl sein?"

Beide lachen und Gordon nimmt Maria in den Arm. Sie schließt noch einmal die Augen, kehrt noch einmal zurück in ihre Kindheit.

Ich stehe auf der Wiese, dieses Mal scheint die Sonne. Am Himmel ziehen einige Schäfchenwolken dahin, ich laufe barfuß einem bunten Schmetterling hinterher. Ich pflücke einen Strauß Pusteblumen, den ich zu meinem Vater bringe. Ich sehe meine Eltern. Zwischen ihnen fließen Farben hin und her. Alles Graue ist verschwunden. Ich jauchze vor Freude und versuche, die Farben zu fangen, aber sie zerfließen in meinen Händen und bilden immer andere Muster.

Mein Vater zieht mich zu sich auf die Decke und gibt mir einen Kuss auf den Kopf. „Ich hab dich lieb, Mariechen." Mariechen? Ja, so haben mich die beiden genannt: Mariechen. Ich kuschle mich an meinen Papa und halte ihm den Strauß hin. Meine Mama bläst hinein und die vielen kleinen Flugschirme fliegen in alle Richtungen. Mein Papa muss niesen, meine Mama lacht. Die beiden sind so glücklich. Ich bin so glücklich. Das Leben ist gut. Alles ist so, wie es sein soll.

„Siehst du, Maria, deine Eltern haben dich sehr geliebt, aber die Liebe zueinander, die ist erloschen. Es hatte nichts mit dir zu tun, dass dein Vater euch verlassen hat. Er wusste einfach nicht, wie er mit der Situation umgehen sollte. Und du hast dir die Schuld daran gegeben. Aber du warst ein Kind, Maria, du hattest keine Schuld."

Maria schlägt die Hände vors Gesicht. „Genau das sage ich auch zu Leon. Dass er keine Schuld trägt, dass sein Papa gegangen ist. Wiederholen sich denn die Muster immer wieder?"

Gordon nickt ernst. „Ja, sie wiederholen sich von einer Generation zur nächsten, und zwar so lange, bis jemand den Mut aufbringt, sie zu durchbrechen." Lächelnd fügt er hinzu: „Und du bist auf dem besten Weg, deine Muster zu durchbrechen."

Maria lässt das Gesagte Revue passieren. Es stimmt, die Angst, verletzt zu werden hatte sie abgelegt, indem sie Gordon bedingungslos in ihr Herz geschlossen hatte. Zum ersten Mal hatte sie nicht auf die Stimme ihrer Mutter, sondern auf ihre eigene innere Stimme gehört. Sie braucht ihr Schutzprogramm nicht länger, das sie daran hinderte, Liebe anzunehmen.

„Gordon, wir müssen sofort los. Ich kann es mir auf keinen Fall leisten, zu spät zum Dienst zu kommen“, ruft Maria plötzlich nach einem Blick auf die Uhr.

Die beiden stürzen überhastet aus der Wohnung, laufen an der verdutzten Frau Wilhelmi vorbei zum Auto und fahren los.

„Einen Sittenstrolch hat sie zum Mann, die arme Frau Maria. Dabei ist sie doch immer so nett gewesen. Was soll denn nun aus ihr werden?“ Frau Wilhelmi schüttelt den Kopf. Zu ihrer Zeit gab es so etwas nicht.

Kapitel 16

Unter der alten Linde

Auf dem Personalparkplatz des Krankenhauses angekommen, springt Maria aus dem Wagen, ruft Gordon ein knappes „Wir sehen uns gleich" zu und eilt davon.

Gordon mag sich nicht auf weitere Untersuchungen seines Gehirns einlassen. *Die Kopfschmerzen werden verschwinden, wenn meine Erinnerung wiedergekommen ist*, denkt er.

Eine Luxuslimousine fährt langsam an ihm vorbei und kommt neben ihm zum Stehen.

„Ja, wen haben wir denn da?", fragt eine vertraute Stimme. „Meinen alten Bettnachbarn."

Gordon schaut Bartneck verdutzt an. „Sie wurden bereits entlassen? Sollten Sie sich nicht noch etwas schonen?"

Bartneck lacht freudlos auf. „Und wer macht dann die Arbeit?" Er steigt aus dem Wagen und schüttelt Gordon die Hand. „Wissen Sie inzwischen, wer Sie sind?"

„Das nicht, aber ich kenne jetzt meinen Namen", verkündet er fröhlich.

„Und wie heißen Sie?"

„Gordon."

„Und wie weiter?"

„So weit bin ich noch nicht."

„Ist ja auch egal", sagt Herr Bartneck. „Ich wollte Sie eigentlich etwas anderes fragen. Können Sie mir das mit dem Alarmsystem noch einmal erklären?"

„Natürlich. Wie viel Zeit haben Sie denn?"

Herr Bartneck schaut auf seine Uhr. „Faktisch gar keine."

„Wozu dann ein Alarmsystem?"

„Wie bitte?"

„Wenn Sie sich selbst so wenig wert sind, dass Sie nicht einmal Zeit für sich haben, wozu brauchen Sie dann ein Alarmsystem?"

Bartneck verdreht die Augen. „Also schön, ich sage den nächsten Termin ab." Hastig tippt er eine SMS in sein Smartphone. Er blickt Gordon fragend an. „Und nun?"

„Kommen Sie mit."

Gordon setzt sich nach ein paar Schritten im Schatten einer alten Linde auf den Boden. Er deutet auf den Platz neben sich. „Setzen Sie sich."

Herr Bartneck schaut sich kurz um, ob ihn auch niemand sieht – besonders sein Fahrer nicht –, dann legt er ein Taschentuch auf die Erde und lässt sich unbeholfen nieder. Ein plötzlicher Schmerz durchfährt ihn. Er zuckt zusammen.

„Tut es noch sehr weh?", fragt Gordon mitfühlend.

„Nur wenn ich lache", antwortet Bartneck humorlos.

Gordon schaut den Manager eine Weile an, bis dieser den Blick nicht mehr ertragen kann und die Augen abwendet.

„Die Antwort liegt in Ihnen selbst", sagt Gordon.

„Jetzt kommen Sie mir bitte nicht schon wieder mit dieser Zen-Masche. Ich habe keine Zeit für Rätsel."

„Also etwas einfacher. Schauen Sie sich die Autos auf dem Parkplatz an. Wenn Sie ein Auto wären, welches wären Sie?"

„Was?"

„Mit welchem Auto identifizieren Sie sich am meisten?"

Bartneck denkt kurz nach. Er versucht herauszufinden, welche Antwort Gordon von ihm erwartet. Er antwortet langsam, um keinen Fehler zu begehen: „Mit dem schnellsten … Halt, warten Sie: mit dem teuersten. Nein, nein, jetzt hab ich es: mit dem besten natürlich." Er ist sichtlich stolz, dass er noch darauf gekommen ist.

Blank scheint das alles nicht zu beeindrucken. „Warum?", fragt er trocken.

„Weil es nun einmal so sein muss."

„Warum *muss* es so sein?"

„Weil meine Stellung das verlangt."

„Verstehe, Ihre Stellung hat mit Ihnen gesprochen und das von Ihnen verlangt. Interessant", bemerkt Gordon nach einer kurzen Pause.

„Es wird doch allgemein von mir erwartet, die Richtung anzugeben, anderen vorauszugehen, an der Spitze zu stehen, schneller, innovativer und besser zu sein als die Konkurrenz."

„Wer ist denn allgemein?"

Bartneck presst unauffällig eine Hand auf den Magen.

„Die Gesellschaft natürlich."

„Die Gesellschaft sagt in diesem Moment, dass Sie immer der Beste sein müssen? Komisch, ich höre nichts. Zu mir sagt sie das jedenfalls nicht."

Herr Bartneck fährt ihn an: „Sie wissen ja nicht einmal, wer Sie sind!"

Gordon ignoriert den plötzlichen Gefühlsausbruch „Aus diesem Grund sitze ich ja auch hier mit Ihnen. Weil ich herausfinden möchte, wer ich bin. Ich mache das alles, um mich endlich wiederzufinden."

„Ist das eines dieser Zen-Rätsel? Wie heißen die doch gleich? Koan? Falls ja, muss ich Ihnen sagen, dass ich daran kein Interesse habe. Ich interessiere mich nicht für abgehobene philosophische Theorien, die von Gott weiß woher stammen, ich interessiere mich für die realen Dinge des Lebens."

„Indem ich Sie erkenne, erkenne ich auch einen Teil von mir. Aber lassen wir das für den Moment. Wenn Sie gesagt hätten, dass Sie sich mit dem besten Auto identifizieren, weil es Ihnen ein Gefühl von Freude, Freiheit und Unabhängigkeit vermittelt, dann wäre nichts dagegen einzuwenden gewesen. Sie hätten sich mit etwas identifiziert, das Sie glücklich macht. Aber …" Gordon legt eine bedeutungsvolle Pause ein.

„Aber was? Kommen Sie schon. Ich habe nicht den ganzen Tag Zeit", drängt Herr Bartneck.

„Aber da Sie sich mit dem besten Auto identifizieren, aus Angst, sonst hinterherzuhinken und den Anschluss zu verpassen, und weil sie allen zeigen wollen, was für ein toller Kerl Sie sind, und damit die Erwartungen anderer und der Gesellschaft erfüllen, ist das kein Gefühl des Glücks, sondern des Mangels, der ausgeglichen werden muss. So einfach ist das."

Zufrieden lässt er sich gegen den Stamm der alten Linde sinken.

„Wie hilft mir das weiter?", fragt Bartneck ungeduldig.

„Die Antwort liegt in Ihnen selbst. Die Macht Ihrer Gedanken entscheidet darüber, ob Sie wahrhaft erfolgreich sind oder ob Sie nur scheinbar erfolgreich sind und dem Glück immer hinterherrennen werden."

„Glück? Was ist das? Das ist mir alles viel zu theoretisch." Verstohlen blickt Bartneck auf die Uhr. Fünf Minuten wird er Gordon noch zuhören, länger nicht.

„Schließen Sie doch bitte die Augen. Ich möchte Ihnen etwas zeigen."

„Wenn es denn der Wahrheitsfindung dient", sagt Bartneck.

„Atmen Sie ruhig ein und aus ... Konzentrieren Sie sich auf Ihren Atem. Alle Geräusche verschwinden mehr und mehr, bis Sie nur noch das Rauschen des Windes in den Bäumen hören. Sie sinken tiefer und tiefer in ein wohliges Gefühl der Entspannung hinein. Sie werden immer schwerer …"

Nach einer kurzen Pause fragt Gordon: „Können Sie das Rauschen des Windes in den Bäumen hören?"

Bartneck nickt. Seine Gesichtszüge haben sich merklich entspannt.

„Denken Sie nun an etwas, das Sie sehr lieben oder geliebt haben. Erinnern Sie sich. Können Sie es vor sich sehen?"

Bartnecks Augenlider zucken. Er ist in seiner inneren Welt.

Ich liebe es, wenn sich meine Frau an mich schmiegt. Kann es Schöneres geben? Ihr weicher Körper neben meinem, ihr warmer Atem auf meinem Gesicht, ihr zärtlicher Blick, der voller Liebe ist, ihre sanfte Stimme, die etwas in mein Ohr flüstert, das verdammte Telefon … Wieso klingelt ausgerechnet jetzt das verdammte Telefon?

„Ja? … Das darf doch wohl nicht wahr sein … Nein, ich habe Ihnen ausdrücklich gesagt … Was soll das heißen, ich war nicht erreichbar? Ich bin immer erreichbar! Ich komme sofort vorbei!"

Hastig ziehe ich mich an. Ohne mich umzudrehen, weiß ich, dass ich meine Frau wieder einmal furchtbar enttäusche. Auch wenn sie mir zärtlich über den Rücken streicht, spüre ich in ihrer Berührung doch eine tiefe Trauer. Warum gelingt es mir nicht, sie glücklich zu machen?

„Schatz, es tut mir schrecklich leid, aber ich muss sofort in die Firma. Diese unfähigen Trottel haben wieder einmal Mist gebaut und ich muss sehen, wie ich den Schaden möglichst klein halten kann."

Sie dreht sich auf die andere Seite des Bettes. Mit tonloser Stimme flüstert sie: „Ist schon gut. Ich bin es ja gewohnt."

Noch bevor ich die Worte hinunterschlucken kann, sprudeln sie aus meinem Mund: „Was erwartest du denn von mir? Ich kann mich nicht zweiteilen. Ich tu das doch alles nur für dich!" Keine Antwort.

Ich möchte nichts sehnlicher, als sie in die Arme nehmen, sie streicheln und küssen und ihr sagen, dass sie für mich das Wichtigste auf der Welt ist, dass ich sie über alles liebe. Aber ich kann es nicht. Irgendetwas treibt mich aus dem Haus.

Stöhnend sinkt Herr Bartneck zu Boden und krümmt sich zusammen, ohne darauf zu achten, dass sein teurer Anzug dabei dreckig wird. Vor seinem Auge taucht ein weiteres Bild auf.

„Nein, das kannst du nicht tun. Ich liebe dich doch. Bitte, tu mir das nicht an."

Ich versuche meine Frau dazu zu bewegen, die Scheidung zurückzunehmen, aber sie sieht mich nur aus unendlich traurigen Augen an. „Ich muss es tun. Ich liebe dich auch, aber ich kann nicht mehr. Wenn ich dich nicht verlasse, gehe ich zugrunde, und das lasse ich nicht zu."

„Ich werde mich ändern. Ich verspreche es dir."

„Du wirst dich nie ändern, Walter. Dazu müsste schon ein Wunder geschehen."

Bartneck öffnet die Augen.

„Meine Frau hat mich verlassen. Sie hat die Scheidung eingereicht. Seitdem arbeite ich noch mehr." Bartneck schaut zu Gordon. „Falls das überhaupt möglich ist", fügt er bitter hinzu.

„Das ist das Alarmsystem, das ich meine. Erst Ihre Frau, dann Ihr Rücken, dann der Magen. Sie können sich ausmalen, wie die Steigerung aussehen könnte."

„Herzinfarkt?"

„Möglich. Sie wissen, dass Sie Höchstleistungen vollbringen können. Das haben Sie sich oft genug bewiesen. Aber selbst ein Spitzensportler braucht zwischen den Wettkämpfen Pausen, in denen sich sein Körper erholen und sein Kopf wieder frei werden kann. Auch Sie brauchen dringend eine solche Wettkampfpause."

„Eine Pause?", fragt Bartneck verständnislos.

„Pause!" bekräftigt Gordon. „Suchen Sie nach der Balance! Ihre Frau hat Ihnen zuerst gespiegelt, wie überfordert Sie sind. Dann Ihr Rücken und nun der Magen. Wenn Sie nicht bald anfangen, in der Krankheit einen Helfer zu sehen, wird die Natur noch schwerere Geschütze auffahren, um Sie zum Innehalten zu bewegen."

„Aber was kann ich denn tun?" Bartneck ist mittlerweile nachdenklich, sogar ein bisschen kleinlaut geworden.

„Fragen Sie sich, warum Sie sich bis zur völligen Erschöpfung antreiben und warum Ihnen die Arbeit wichtiger ist als die Liebe Ihrer Frau oder die Gesundheit Ihres Körpers."

Bartneck antwortet spontan: „Um Anerkennung zu bekommen."

Gordon nickt.

„Um nicht als Versager dazustehen", fügt er nach einigem Nachdenken noch hinzu. „Wie es mein Vater prophezeit hat." Die Erwähnung seines Vaters regt Bartneck auf, er gestikuliert wild herum und lacht bitter auf. „Mein Vater hat mir immer gesagt, dass aus mir nichts werden würde."

„Aber Sie haben ihm das Gegenteil bewiesen, indem Sie Großes geleistet und eine florierende Firma aufgebaut haben."

„Ja! Mehr kann er doch nicht von mir verlangen, oder?"

„Lebt Ihr Vater noch?"

„Nein, er ist vor vier Jahren an einem Herzinfarkt gestorben."

Gordon schaut ihn vielsagend an. „Warum müssen Sie ihm immer noch etwas beweisen? Sie haben alles erreicht und er ist tot. Also wozu das Ganze?"

„Es steckt in mir drin. Ich glaube, ich kann gar nicht anders."

„Natürlich können Sie anders, wenn Sie sich anders entscheiden. Aber es stimmt, es steckt in Ihnen drin, und zwar als Programm, das ständig im Hintergrund abläuft und all Ihre Handlungen bestimmt. Dieses Programm ist Ihnen vertraut und Sie identifizieren sich völlig mit ihm. Da ist klar, dass Sie es nicht so einfach aufgeben möchten."

„Genau. So weiß ich wenigstens, wer ich bin."

„Ach, wirklich? Wissen Sie wirklich, wer Sie sind?"

„Selbstverst… Nein, warten Sie. Ich weiß nicht, wer ich bin, denn ich habe mich ja bisher immer nur über die Arbeit definiert. Die vergangenen Tage im Krankenhaus habe ich übrigens dazu genutzt, mich nach dem tieferen Sinn meines Lebens zu fragen."

Mit einem Mal sieht er alt und erschöpft aus. Gordon spricht ihn leise an: „Darf ich Ihnen einen Rat geben?"

„Ja, bitte. Ich weiß offensichtlich nicht mehr weiter." Herr Bartneck versucht die Schultern zu straffen, aber der Versuch scheitert kläglich.

„Wenn das nächste Mal der Drang in Ihnen aufsteigt, Höchstleistungen zu erbringen und bis zum Umfallen zu arbeiten, fragen Sie sich, was Sie Ihrem Vater beweisen wollen. Was würde Ihr Vater Ihnen sagen, hätte er den Herzinfarkt überlebt?"

Wieder lacht Bartneck bitter auf. „Es war nicht nur ein Herzinfarkt. Er erlitt drei, aber er hat nie auf seinen Körper gehört, sondern sich zu Tode geschuftet." Erschrocken hält er inne. „Das hört sich ja an, als spreche ich von mir selbst. Was soll ich nur tun?" Er lässt den Kopf in die Hände sinken.

„Würde Ihr Vater Ihnen dazu raten, es ihm gleichzutun und sich durch Überarbeitung umzubringen?"

„Nein, sondern das Leben auch zu genießen."

„Was würde Ihre geschiedene Frau Ihnen raten?"

Bartnecks Tränen fließen. Unter Schluchzen stößt er hervor: „Mehr zu lieben … Auf die Stimme meines Herzens zu hören. Mich selbst mehr zu lieben!"

„Ihren Vater können Sie zwar nicht anrufen, aber Sie können an ihn denken, mit ihm reden und ihm sagen, dass Sie verstanden haben", sagt Gordon. Er lächelt verschmitzt. „Aber Ihre Frau, die können Sie anrufen. Womöglich ist es noch nicht zu spät. Sie lieben sie doch, oder?"

„Und ob ich das tue. Wo ist denn das verdammte Handy?" Er wühlt in seiner Tasche. „Ich rufe sie sofort an."

Während er hastig auf die Tasten des Mobiltelefons hämmert, steht Gordon leise auf und geht seines Weges. Wieder ist er sich selbst ein Stückchen nähergekommen. Ein schönes Gefühl!

Kapitel 17

Die Erinnerung kehrt zurück

Gordon schlendert zu Marias Wagen und lehnt sich unschlüssig dagegen. Soll er sich noch einmal untersuchen lassen? Ihm ist nicht danach, da die Kopfschmerzen nicht organischer Natur sind. Sie werden verschwinden, sobald seine Erinnerung vollständig zurückgekehrt ist, dessen ist er sich sicher. Aber wird Maria dann nicht enttäuscht sein?

Wem willst du treu sein? Dir selbst oder den Erwartungen anderer? Verlass dich auf deine Intuition! Geh deinen eigenen Weg!

„Ich gehe meinen Weg. Ich höre auf dich, ich meine, auf mich", antwortet Gordon seiner inneren Stimme.

„Auf wen hören Sie?" Unbemerkt ist die Ärztin, Frau Schneider, neben ihn getreten.

Gordon schüttelt den Kopf. Manchmal ist es nicht leicht, innere und äußere Stimmen zu unterscheiden.

„Wie geht es Ihnen, Herr Blank? Erkennen Sie mich?", fragt Frau Schneider besorgt.

„Was? Ja, ja, mit mir ist alles in Ordnung. Ich heiße übrigens Gordon."

„Sie erinnern sich also?"

„Ich erinnere mich noch nicht an alles, aber es kommen immer mehr Bilder aus meiner Vergangenheit hoch. Es freut mich, Sie zu sehen." Mit diesen Worten schüttelt er Frau Schneider die Hand.

„Was tun Sie hier? Sie sind doch kein Freund von Krankenhäusern, wie ich feststellen musste", bemerkt sie.

Gordon lacht. „Maria, also ich meine, Frau Schanzenbach, war so nett, mich hierher mitzunehmen, damit mein Kopf noch einmal untersucht wird. Allerdings denke ich nicht, dass man das, was mir fehlt, auf einem Bildschirm sehen kann."

„Letzten Endes entscheiden Sie das. Natürlich können wir in dem Fall keine Verantwortung übernehmen."

Wieder lacht Gordon. „Frau Schneider, die Verantwortung für mein Leben kann nur ich selbst übernehmen. Niemand kann mir das abnehmen."

„Stimmt, schließlich müssen Sie auch die Konsequenzen Ihrer Entscheidungen tragen." Sie niest.

„Gesundheit. Wie geht es Ihrem Heuschnupfen?"

„Prächtig, nur mir geht es nicht besonders. Leider kann ich nicht so recht glauben, was Sie mir über Allergien erzählt haben."

„Es schadet auch nicht, es zu versuchen, oder?"

„Ist es Ihnen inzwischen eingefallen, woher Sie so viel Ahnung haben? Waren Sie doch Heilpraktiker?"

Gordon überlegt einen Augenblick, bevor er antwortet. Er scheint auf etwas zu lauschen. „Ich glaube nicht. Mein Wissen … Ja, wo kommt das her? Ich vernehme in mir eine Stimme, die anscheinend alles weiß, und ich habe mir in den letzten Tagen angewöhnt, auf sie zu achten."

„Sie sind ein Glückspilz, dass Sie diese Stimme hören können."

„Aber das kann doch jeder."

„Und wie? Ich habe sie jedenfalls noch nicht gehört." Frau Schneider schüttelt bedauernd den Kopf.

„Das haben Sie gewiss, nur nicht beachtet. Ich sage Ihnen, wie ich es mache. Zuerst konzentriere ich mich auf den Atem. Wenn es in mir still geworden ist, stelle ich eine Frage und warte einfach ab, bis ein Impuls kommt. Das kann ein Gedanke, ein Bild, ein Gefühl oder eine plötzliche Ahnung sein. Auf jeden Fall müssen Sie in Ruhe zuhören."

„Wenn ich die Zeit finde, werde ich es einmal versuchen", sagt Frau Schneider.

„Nehmen Sie sich die Zeit, tun Sie es einfach." Er berührt sie flüchtig am Arm: „Glauben Sie mir, es lohnt sich."

In diesem Moment ertönt ihr Piepser. Sie entschuldigt sich hastig. „Ein Notfall, ich muss zurück. Aber ich werde es sicher einmal versuchen … Ich meine, tun." Lachend und kopfschüttelnd eilt sie davon. Dieser Mann mag ein bisschen verrückt sein, gleichwohl berührt sie irgendetwas an ihm. Sie nimmt sich fest vor, auf die Suche nach ihrer inneren Stimme zu gehen, ihr zu lauschen und auf sie zu hören.

Während Gordon ihr hinterher schaut, beginnt sich in seinem Kopf der inzwischen so vertraute Druck aufzubauen, der einen weiteren Erinnerungsschub ankündigt.

Ich liege auf dem Sofa. Karen und ich haben uns versöhnt und das ausgiebig gefeiert. Sie beugt sich über mich. „Mach den Mund auf. Trink das, Gordon, das wird deine Kopfschmerzen lindern." Gehorsam öffne ich den Mund, aber irgendetwas in mir ruft: „Nein, nicht schlucken!" Ich spucke die bittere Flüssigkeit aus. „Verdammt, er schluckt es nicht!", schreit Karen. Mit wem spricht sie? Ein zweites Gesicht taucht in meinem Gesichtsfeld auf. Ein Mann. Wo kommt der Mann her? Wer ist das? Ein Arzt? Er lacht. „Ich bin dein Todesengel. Ich werde dich und jede Erinnerung an dich auslöschen. Wenn ich mit dir fertig bin, wirst du nie existiert haben. Verstehst du?"

Sein Gesicht ist nur Zentimeter von meinem entfernt. Ich will, dass er weggeht. Ich will aus diesem Albtraum erwachen. Seine Worte klingen hasserfüllt. „Jedes Mal, wenn du mit ihr im Bett warst, hab ich dich in Gedanken umgebracht. Jetzt tue ich es wirklich. Ich lösche dich aus. Ich putze deine Festplatte ganz blank."

Blank? Ich verstehe nicht, was das heißen soll. Festplatte blank? Was meint er? Was macht er mit mir? Ich will schreien, aber er drückt mir eine kräftige behaarte Hand auf den Mund.

„Halt ihm die Nase zu, Karen. Wir kriegen das Zeug schon in ihn rein."

„Ist die Dosis auch hoch genug?"

„Keine Sorge. Zwei Packungen extrastarker Schlaftabletten sollten reichen, ihn umzuhauen. Zusammen mit dem Alkohol, den er intus hat, genügt das auf jeden Fall."

Sein Lachen kommt mir vor wie das Kreischen eines Dämons. Vielleicht ist er ja einer jener Dämonen, die so lange in meinem Kopf herumgespukt haben.

„Auf Nimmerwiedersehen und vielen Dank für die großzügige Spende, Herr Balmer."

Karen hält mir die Nase zu. Der Mann nimmt die Hand von meinem Mund. Ich schnappe gierig nach Luft. In diesem Moment flößt er mir eine Flüssigkeit ein. Ich würge, ich spucke, versuche alles, um nicht zu schlucken, aber mein Körper kann nicht anders, er muss atmen, er muss schlucken. Ich kann nur hilflos zusehen, dies ist das Ende. Ich werde sterben.

Du wirst tatsächlich in einem gewissen Sinn sterben, aber auch wiedergeboren werden. Du wirst vergessen, wie du heißt, deine Vergangenheit vergessen, aber etwas viel Wertvolleres entdecken. Du wirst entdecken, wer du wirklich bist und lernen, in der Gegenwart zu leben. Zudem wirst du dir eine wunderbare Zukunft erschaffen.

Die Stimme tröstet mich ein wenig. Sie ist das Letzte, was ich höre. Dann falle ich …

„Gordon! Gordon?" Besorgt beugt sich Maria über den am Boden Liegenden.

„Bin ich tot? Ist das der Himmel? Bist du ein Engel?" Benommen versucht Gordon, sich aufzurichten.

Maria muss wider Willen lachen. „Nein, Gordon, du bist nicht tot. Und ich bin kein Engel."

Gordon greift nach ihrer Hand. „Ich erinnere mich. Sie wollten mich umbringen. Sie haben mir irgendetwas eingeflößt."

„Das erklärt die hohe Konzentration an Barbituraten in deinem Blut. Das zusammen mit dem Alkohol hätte dich eigentlich töten sollen. Aber du hast überlebt!"

Blank schüttelt den Kopf. „Etwas ist komisch, Maria."

„Was denn?"

„Ich habe keine Kopfschmerzen mehr. Ich erinnere mich wieder an alles. Karen und ein Mann haben versucht, mich umzubringen. Sie haben mich erst betrunken gemacht und mir dann Schlaftabletten verabreicht. Was danach passiert ist, weiß ich allerdings nicht."

„Du wurdest im alten Steinbruch gefunden."

„Wahrscheinlich haben sie mich dort abgeladen, damit es wie ein Selbstmord aussieht. Der Mann hat irgendetwas von Löschen gesagt. Er meinte, es würde sein, als hätte ich nie existiert."

„Das erklärt auch, warum wir keinerlei Hinweise auf deine Identität gefunden haben. Wir sollten schnellstens die Polizei verständigen."

Nachdem Gordon den Nachmittag im Polizeipräsidium zugebracht hatte und die Beamten Karen und ihren Komplizen verhaftet hatten, stellt sich heraus, dass Karens Geliebter beim Zentralen Melderegister gearbeitet hat. Sämtliche Daten, einen Gordon Balmer betreffend, hat er gelöscht. Hinweise auf Gordons Existenz fanden sich allerdings noch – unter anderem bei mehreren Banken, bei denen er verschiedene Konten mit beträchtlichen Summen unterhalten hat. Einige dieser Konten waren bereits leer geräumt und aufgelöst, andere existierten noch.

Abends sitzt Gordon erschöpft neben Maria auf dem Sofa. „Was für ein Tag! Am liebsten würde ich alles wieder vergessen. Es ist einfach zu grauenhaft."

Vergiss es nicht, aber lass dein Leben nicht von der Vergangenheit bestimmen. Lebe in der Gegenwart. Alles, was du verdrängst, wird in dir gären und sich einen Weg an die Oberfläche suchen. Und du hast auch etwas gewonnen.

Wie von selbst richten sich Gordons Augen auf Maria. Die Stimme hatte recht: Er hat Marias Liebe gewonnen. Dennoch ist Gordon verunsichert.

„Maria, ich weiß nicht, ob ich je wieder lieben kann."

„Du hast mir doch beigebracht, meine Ängste zu überwinden und Liebe zuzulassen."

Gordon lacht laut heraus: „Du hast ja so recht. Das ist der Weg, den mir die Stimme gezeigt hat. Alles, was ich in der Außenwelt sehe, spiegelt meine Innenwelt wider. Wenn du also wieder lieben kannst, vermag ich es auch."

„Warte einen Moment, ich will dir etwas zeigen." Maria holt das Bild. Als Gordon es anschaut, staunt er. Der Nebel hat sich vollkommen aufgelöst und unter einem blauen Himmel erstreckt sich eine liebliche Landschaft, auf die der Wanderer blickt. Einen Augenblick lang erscheint es Gordon, als drehe der Wanderer sich um und zwinkere ihm zu.

„Maria, jetzt bin ich mir sicher, dass alles gut wird." Sie nickt ihm zu.

In dieser Nacht schläft Gordon nicht auf dem Sofa.

Kapitel 18

Alles ist Geist

Weite, nichts als weiße Weite um mich herum, die keinen Horizont erkennen lässt, die sich bis in die Endlosigkeit erstreckt. In mir tiefe Stille.

„Wo bin ich?"

In deiner inneren Realität. Dein Körper schläft und dein Geist ruht sich aus. Man könnte auch sagen, du träumst.

Plötzlich spüre ich eine sanfte Berührung an der Schulter. Langsam drehe ich mich zur Seite, erblicke eine Art Nebel, der allmählich Form annimmt. Aus dem Dunst entsteht die Gestalt eines hochgewachsenen Mannes, der mich freundlich anlächelt. Wenn ich glaube, sein Gesicht zu erkennen, zerfließt es und setzt sich neu zusammen. Ich höre seine Stimme. Sie ist melodisch, tief und eindringlich. Ob sie in mir ertönt oder von außen kommt, vermag ich nicht zu sagen. Ich kenne sie, aber ich weiß nicht woher. Sie ist mir vertraut.

Ich bin deine innere Stimme. Deine innere Führung. Ich bin schon immer da gewesen. Und in den letzten Tagen hast du mich endlich gehört.

„Ja, ich habe gut zugehört."

Das hast du.

„Bist du ein Engel?"

Wenn du mich Engel nennen willst, bin ich ein Engel.

Bei diesen Worten wachsen aus seinen Schulterblättern riesige Flügel, die sich mit einem gewaltigen Rauschen entfalten. Er lacht. *Ich bin alles, was du dir vorstellen kannst. Wenn du dir vorstellst, ich wäre eine Frau, bin ich eine Frau.*

Die Flügel schrumpfen und vor mir steht eine wunderschöne Frau.

Ich bin Geist, ich bin reines Bewusstsein. Ich bin in dir und ich bin außerhalb von dir. Ich bin du und ich bin nicht du.

„Wieso konnte ich dich in den letzten Tagen hören und wieso kann ich dich jetzt sehen?"

Manchmal muss man ganz tief fallen, um sich ganz hoch emporschwingen zu können. Du warst am Ende, du hattest allen Glauben an die Menschen sowie an das Gute verloren. In der dunkelsten Ecke deiner Seele hast du mich gefunden. Ich hoffe, du wirst mich nie wieder verlieren.

„Das werde ich sicher nicht. Das verspreche ich dir." Ich höre ein Lachen.

Versprich es lieber dir selbst. Du hast es in der Hand, ob ich bei dir bin oder nicht. Du bist der Schöpfer deines Lebens.

Ich spaziere am Strand entlang. Um mich herum nicht länger nur der Sand und diese weiße, den Horizont verschluckende Weite, nein, das Meer ist zurückgekehrt. Das Leben ist von Neuem in Fluss geraten.

Martin, seine Freundin Alexandra und Sancho Panza laufen der roten Abendsonne entgegen. Sie sehen mich, Martins Hund springt vor Freude an mir hoch und wirft mich dabei um. Wir wälzen uns im Sand. Martin winkt mit einem Scherenschnitt.

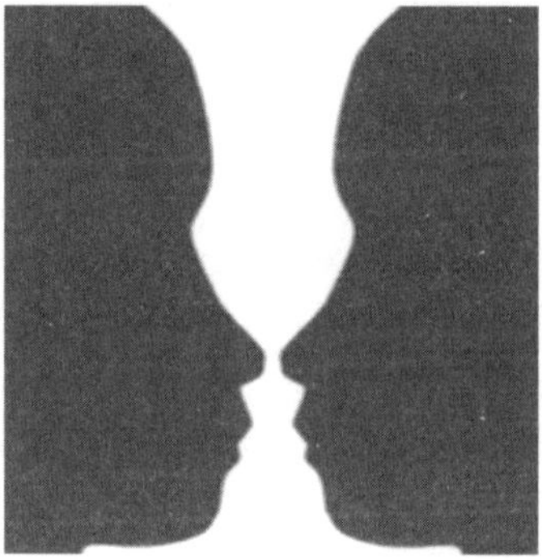

„Der ist für dich, Gordon."

Konzentriert man sich auf den schwarzen Teil des Scherenschnitts, erkennt man zwei Gesichter; wenn man sich aber auf den weißen Teil konzentriert, sieht man einen Kelch. Nur wenige Menschen nehmen beides gleichzeitig wahr.

Alles beinhaltet eine helle und eine dunkle Seite. Im Negativen steckt das Positive, in der Krise die Chance.

Vor mir sehe ich Herrn Reichwein, der mir einen Eisbecher entgegenhält. Seine Frau sitzt neben ihm, beide strahlen vor Glück und Begeisterung.

Erinnere dich daran, dass die Natur immer nach Ausgleich strebt. Lass nicht zu, dass ein Aspekt deines Lebens alle anderen beeinträchtigt. Achte auf die Warnsignale deines Körpers.

Herr Bartneck und Frau Schneider kommen auf mich zu und umarmen mich schweigend. Frau Schneider tanzt in einem Meer aus Blütenpollen und lacht fröhlich wie ein Kind. Herr Bartneck zeigt auf sein Auto, in dem seine Frau sitzt, die mir zuwinkt. Er sieht sehr glücklich aus.

Die Natur sorgt immer dafür, dass das Gleichgewicht wiederhergestellt wird. Je mehr du etwas verdrängst, desto stärker wird es, bis es schließlich an die Oberfläche kommt.

Maria drückt einen Ball mit aller Kraft unter Wasser, aber je mehr sie drückt, desto mehr strebt der Ball nach oben. Sie gibt erschöpft auf, der Ball springt bis an die Zimmerdecke, wo er genau die Glühbirne der Lampe trifft und sie zerschmettert.

Wie innen, so außen. Die Programme, die unbemerkt in dir wirken, sorgen dafür, dass du das in der Außenwelt verwirklichst, was du im Inneren als Realität ansiehst.

Martin sitzt wie ein Häufchen Elend auf dem Boden und schaut bittend zu den Passanten auf, die ihm nicht zu nahe kommen wollen, und einen großen Bogen um ihn machen. Sancho Panza zieht winselnd den Schwanz ein und kauert sich auf seiner schmutzigen Decke zusammen.

Gleiches zieht Gleiches an. Wenn du glaubst, ein Versager zu sein, werden dich andere dafür halten. Misstraust du dir, gibt es für andere Menschen keinen Grund, dir zu vertrauen.

Herr Reichwein, Martin und ich nicken.

Denke auch an Ursache und Wirkung. Erkenne die Ursache, dann kannst du die Wirkung verändern.

Herr Martensen und seine Frau hören auf zu streiten. Sie schauen mich fragend an.

Alles folgt einem Rhythmus. Erwarte nicht, mitten im Winter Obst ernten zu können. Finde deinen eigenen Rhythmus.

Mir ist schwindelig geworden. Ich sitze in einem Kettenkarussell, das sich mit rasender Geschwindigkeit bewegt. Unten auf dem Boden sehe ich schemenhaft all die Menschen, die mir mein Inneres widerspiegeln und denen ich begegnet bin, damit ich wieder zu mir finden konnte.

Maria und Leon, Frau Schneider, Herr Bartneck, Martin und Alexandra, der kleine Klaus mit seiner Mutter, Frau Wilhelmi, Herr Martensen und seine Frau, Werner und Angela Reichwein, ja sogar Karen und der Mann, der mich umbringen wollte, sind da und applaudieren mir. Sie alle halten große glänzende Spiegel in die Höhe, in denen ich einmal die eine, dann eine andere Facette von mir erblicke. Da sich das Karussell so rasend schnell dreht, verschmelzen all die vielen Bilder zu einem einzigen: zu dem Bild des Menschen, der ich im Augenblick bin.

Epilog

Schöpfer

Langsam öffnet Gordon die Augen. Das Erste, was er sieht, ist Maria, die ihn liebevoll anlächelt. Im Spiegel ihrer Augen erkennt er, dass er geliebt wird.

„Guten Morgen, Liebster. Was hast du geträumt?“

Gordon rekelt sich und reibt sich den Schlaf aus den Augen.

„Ich hatte einen recht verrückten Traum.“

Er lauscht einen Augenblick lang in sich hinein. „Ich glaube, ich habe geschlafen, bis ich ins Koma gefallen bin. Erst, als ich nicht mehr wusste, wer ich bin, bin ich allmählich erwacht.“

„Erinnerst du dich denn jetzt wieder an alles?“

Er schaut sie ernst' an, dann nickt er. „Ich habe mein Leben immer von äußeren Dingen abhängig gemacht. Ich wollte die Lüge nicht sehen, weil ich mich so verzweifelt nach Liebe sehnte. Dabei konnte ich mich selbst nicht lieben, habe mich verachtet und manchmal an Selbstmord gedacht. Kein Wunder, dass ich Menschen angezogen habe, die mich ebenfalls verachtet haben, mich sogar umbringen wollten.“

„Sei bitte nicht so streng mit dir.“

„Du hast recht. Denn so wie ich ihnen vergeben konnte, so kann ich jetzt auch mir vergeben. Ich möchte mich von nun an nur noch auf unsere große Aufgabe konzentrieren.“

Maria fragt leise: „Welche Aufgabe?“

„Zu leben. Zu lieben. Glücklich zu sein. Nicht etwas werden zu wollen, sondern zu erkennen, dass wir bereits alles sind. Dass wir vollkommen sind. Alle Menschen sind vollkommen.“

„Wie geht das bei all unseren Fehlern, Schwächen und offensichtlichen Mängeln?“

Gordon lacht. „Wenn wir aufhören, perfekt sein zu wollen, können wir erkennen, dass wir vollkommen sind. Und noch etwas habe ich erkannt.“

„Was denn?“

„Dass wir die Schöpfer unseres Lebens sind. Wir selbst und nicht etwa die Umstände entscheiden darüber, ob wir glücklich sind oder nicht. Glück hängt nicht von äußeren Umständen ab, sondern von der inneren Einstellung.“

„Dann sind wir Schöpfer?“

„Ja, wir sind Schöpfer.“

Nachwort

von Erwin Aljucic

Immer wieder sah sie ihn an, mit einem verschmitzten Lächeln ganz nach dem Motto: „Na? Das kennst Du doch?!?“. Er nickte nur ganz verstohlen, lächelte zurück.

Ich saß relativ weit vorne im dunklen Kinosaal bei der Premiere zum „Film Deines Lebens“ und hatte somit die Gelegenheit, die Reaktionen der Zuschauer zu sehen. Da war also wahrscheinlich die Frau mit ihrem Ehemann und erkannte in einer der Szenen ihre eigene Ehe – oder sich selbst. So wie sie saßen auch die meisten Zuschauer da, während des gesamten Films, in sich gekehrt, gerührt – berührt! Es herrschte eine vollkommen ruhige, ja geradezu andächtige Stimmung im Saal.

© Jonathan F. Kromer

Nein; es hatte nichts zu tun mit dem Geschehen auf der Leinwand. Es hatte damit zu tun, dass offensichtlich so ziemlich jeder der Zuschauer auf Blanks Reise und in den Geschichten der Protagonisten etwas entdeckte, dass er oder sie nur zu gut kannte – dass dies hier mit einem selbst in Verbindung stand.

War es vielleicht, sich aus Angst vor mangelnder Anerkennung fast zu Tode zu schuften, wie der Geschäftsmann, der die Zeichen hinter seiner Krankheit ignorierte? War es, in sich und seiner Arbeit nicht den gebührenden Wert zu erkennen, weil man unbewusst die Glaubenssätze eines Elternteils verinnerlicht hat, es doch sowieso im Leben zu nichts zu bringen, wie etwa der Maler, der sich seinen Erfolg nicht zutraut? War es, immer alles alleine stemmen zu wollen, weil man von den bisherigen Beziehungen enttäuscht worden ist, wie die junge Mutter, die unbewusst das destruktive Beziehungsmuster der Eltern weiterführte und sich somit selbst einer liebevollen und glücklichen Beziehung im Wege stand?

Was auch immer es war, jeder dieser Zuschauer entdeckte in Blank etwas anderes: sich selbst.

Das Wissen um – nennen wir ihn Blank – die eigene innere Stimme, bekam ich zum nur denkbar besten Zeitpunkt in meinem Leben. 13 Jahre war ich Schauspieler in einer beliebten, deutschen Fernsehserie. Das Entdecken der inneren Stimme als stets zur Verfügung stehendes Werkzeug und das Kennenlernen der sieben Grundprinzipien des Lebens, geschah zwei Wochen bevor an alle Mitarbeiter und Schauspieler der Produktion die vollkommen überraschende Meldung kam, die Serie würde in zwei Monaten eingestellt werden. Wo in den Gesichtern meiner Kollegen die pure Angst und der Schock in den Gesichtern geschrieben stand, fast über Nacht eine Art Anarchie ausbrach, leitete mich meine innere Stimme, mein kurz zuvor erlerntes Werkzeug also, mit einer unglaublichen Ruhe und In-Sich-Seins durch diese aufgeladene und nervöse Atmosphäre, die mich nicht mehr beeinflussen konnte.

Tatsächlich, als ich, Wochen zuvor, am ersten Tag im Seminar von Trias Power saß, war ich skeptisch, ja, mehr als skeptisch. Mit verschränkten Armen hörte ich den Seminarleitern zu. „Da muss doch ein Haken sein?“, sagte mir mein Verstand immer wieder. Vollkommen daneben war es für mich, als wir gebeten wurden, uns nebeneinander auf Matratzen zu legen, um Gedanken und Körper zur Ruhe zu bringen, damit die innere Stimme überhaupt wahrgenommen werden kann.

Wider Erwarten jedoch, war es nicht jemand oder etwas von außen, das mir half und sagte, eine Situation, eine Fragestellung oder ein Problem zu erkennen. Es war ich selbst – der Blank in mir, welcher seitdem mein bester Ratgeber geworden ist, der stets die richtigen Antworten weiß, den optimalen Weg kennt und mir jederzeit und kostenlos zur Verfügung steht.

Damals, vor drei Jahren war es meine beste Freundin, die mir davon erzählte. Sehr schnell wurde mir bewusst, dass dies das größte Geschenk war, das mir je jemand gemacht hatte.

Und so hat mich das Wissen um die sieben Grundprinzipien des Lebens und meine innere Stimme als Werkzeug seitdem durch unzählige Situationen gelotst und mir geholfen, das Dahinter der Geschehnisse zu erkennen, mir Lösungsansätze zu geben, auf die ich auch nach monatelangem Nachdenken nicht gekommen wäre.

Wie etwa ein Jahr nach Einstellung der Produktion in einer Lebensphase, als nichts weitergehen zu schien. Anstatt aus Existenzangst in blinden Aktionismus zu verfallen, erkannte ich das Prinzip der Polarität und des Rhythmus – es war zwar Sommer, doch in meinem Leben brauchte es gerade den Winter, der Zeit des Stillstands, der inneren Einkehr. Anstatt auf Menschen sauer zu sein, welche mich verletzt hatten, war ich ihnen dankbar, dass sie mich durch das Spiegelprinzip haben erkennen lassen, welche Eigenschaften in mir brach lagen und nun gelebt werden wollten. So bedeutet es nicht, dass ich nicht mehr verletzt bin oder die gesagten Worte so einfach abtun kann, doch erkenne ich nun das Positive daran – und das lässt mich wachsen.

Blank, meine innere Stimme, half mir seitdem auch bereits im Vorfeld den optimalen Weg einzuschlagen oder gar nicht erst in ungute Situationen hineinzugeraten; so etwa vor einigen Monaten, als ich von einem gehypten deutschen Modedesigner das Angebot bekam, auf seiner Modenschau zu laufen. Eine Chance für mich als Schauspieler mit einer Körperbehinderung, endlich in einem anderen Licht wahrgenommen zu werden. Eine einmalige Möglichkeit also, zu der mir jeder geraten hätte.

Meine innere Stimme jedoch riet mir, davon die Finger zu lassen. Dies tat sie unter Mithilfe von gezeigten Bildern und kleinen Tagträumen, ähnlich wie bei den Protagonisten im Buch. Diese Bilder gaben mir ein Gefühl, erdrückt zu werden und aus der Situation nicht heraus kommen zu können. Wochen später erfuhr ich von jemandem, der bei der Show mitgelaufen war, dass er sich von diesem Designer ausgenutzt fühlte und es sich um einen äußerst fragwürdigen Charakter handelte.

Oder etwa führte mich meine innere Stimme in eine mich fordernde Situation, ein Projekt ganz alleine zu stemmen, obwohl ich eine große Angst davor verspürte. Mit dem Erkennen der Angst davor, die alleinige Verantwortung tragen zu können und auch Fehler machen zu dürfen, überwand ich meine mentalen Begrenzungen.

Wir alle schöpfen stets nur aus unserem eigenen Erfahrungsschatz, sehen je nach bisher Erlebtem die gute oder schlechte Seite an den Dingen. Der Blank in uns, unsere innere Stimme, ermöglich es uns, mental über diesen Tellerrand hinauszuschauen, das bisher nicht Wahrgenommene erkennen, entdecken und am Ende leben zu können. Gleich einem Menschen, der sich zeitlebens nie aus seinem Ort hinausbewegt hat und nun nach einer Reise mit vollkommen neuen Impulsen, Ideen und Erkenntnissen zurück kommt. Sein Leben ist nun erfüllter, farbenfroher, reicher.

„Selbst-Bewusstsein“ war seltsamerweise seit meiner Jugend stets mein Lieblingswort; sich selber bewusst zu sein. Für mich heißt es nicht, dass ich nun ein vollkommen sorgenfreies Leben führe. Doch erkenne ich nun sehr viel schneller die Zusammenhänge hinter den Geschehnissen und Erfahrungen, traue mich öfter in bisher Unbekanntes hinein oder befreie mich schneller aus zwar bekannten, aber ungesunden Situationen oder Beziehungen.

„So einfach ist das?" fragen die Protagonisten Blank immer wieder. Ja, so einfach ist das! Mit dem Wissen und dem Erleben der Spielregeln des Lebens, sowie der eigenen inneren Stimme als besten Ratgeber, ist es das tatsächlich.

Und sicherlich haben auch Sie beim Lesen des Buches immer wieder verschmitzt nach oben geschaut, ähnlich der Zuschauerin im dunklen Kinosaal, ganz nach dem Motto: „Ach, das kennst Du doch…!?!"

… und freuen Sie sich über dieses Geschenk.

Anhang

Die sieben Prinzipien des Lebens

(kurz zusammengefasst)

Das erste Lebensprinzip: Ursache und Wirkung

Alles unterliegt dem Prinzip von Ursache und Wirkung. Das bedeutet: Jeder Wirkung geht eine Ursache voraus. Wollen wir etwas in unserem Leben ändern, müssen wir zuerst die Ursache erkennen, deren Auswirkung wir heute in unserem Leben spüren.

Wir sind heute das, was wir gestern gedacht haben. Wir sind morgen das, was wir heute denken. Wollen wir also eine andere Zukunft, müssen wir herausfinden, welche Gedankenmuster uns in die Gegenwart gebracht haben. Ändern wir unsere Gedanken, ändern wir unser Leben.

Das zweite Lebensprinzip: Spiegelresonanz

Wie innen so außen; wie außen so innen. Alles, was uns in der Außenwelt begegnet, ist eine Spiegelung dessen, was in unserer Innenwelt geschieht.

Alles, was uns ärgert, stört, irritiert oder wütend macht, spiegelt unsere innere Einstellung wider. Diese ist meist gut versteckt und nur schwer erkennbar, da sie unbewussten Mustern folgt. Daher sollten wir in Situationen, die uns unangenehm sind, immer zuerst fragen: Was hat das mit mir zu tun?

Das dritte Lebensprinzip: Anziehung und Abstoßung

Gleiches zieht Gleiches an. Da wo etwas ist, möchte mehr vom Gleichen hin.

Unbewusste Programme sorgen dafür, dass wir bestimmte Dinge anziehen und andere abstoßen. Begegnen wir einem Menschen mit derselben Energie, ziehen wir ihn an. Wenn wir in unserem Alltag überprüfen, welche Menschen, Dinge und Situationen wir immer wieder anziehen, können wir unsere Muster erkennen und sie ändern.

Das vierte Lebensprinzip: Polarität

Alles hat zwei Seiten, die einander zu einem Ganzen ergänzen. Das gesamte Leben spielt sich zwischen zwei Polen ab: Tag und Nacht, warm und kalt, oben und unten, männlich und weiblich, Erfolg und Misserfolg. Es kommt darauf an, nicht nur eine Seite, sondern immer beide Seiten zu betrachten, denn wo Sonne ist, muss auch Schatten sein. Und wo Schatten ist, muss auch Sonne sein.

Das bedeutet, dass in jedem Problem eine Lösung verborgen ist, dass jede Krise gleichzeitig eine Chance darstellt.

Das fünfte Lebensprinzip: Gleichgewicht

Die Natur versucht ständig, das Gleichgewicht wiederherzustellen. Wenn ein Extrem vorherrscht, wird die Natur dafür sorgen, dass ein Ausgleich hergestellt wird.

Ein Pendel schlägt nach beiden Seiten aus, muss aber immer durch den Punkt vollkommener Ruhe und perfekten Gleichgewichts hindurch. Wer nicht im Gleichgewicht lebt, wird von der Natur ins Gleichgewicht gebracht.

Das sechste Lebensprinzip: Rhythmus

Alles im Leben folgt einem bestimmten Rhythmus. Auf Frühling folgt Sommer, auf Sommer Herbst, auf Herbst folgt Winter, auf Winter Frühling. Auf den Tag muss die Nacht folgen, auf die Einatmung die Ausatmung.

Wer Salat im tiefsten Winter setzt, darf sich nicht wundern, wenn er im Frühjahr nichts ernten kann. Wenn der Rhythmus nicht stimmt, wenn ein Projekt zum falschen Zeitpunkt begonnen wird, kann man keinen Erfolg haben.

Das siebte Lebensprinzip: Alles ist miteinander verbunden

Da letzten Endes alles Geist ist, ist alles miteinander verbunden. Nichts existiert unabhängig für sich und von allem anderen getrennt.

Gedanken sind Energie, die ständig ausgestrahlt wird – wie von einem Radiosender. Irgendwo befinden sich andere Menschen, die genau diesen Sender eingestellt haben und die ausgesandte Energie wahrnehmen. Diese Energie ist überall auf der Welt verbreitet, sodass jeder auf feinstofflicher Ebene mit jedem anderen verbunden ist.

Diese sieben Prinzipien sind untrennbar miteinander verbunden und arbeiten wie in einem Präzisionsuhrwerk zusammen. Wird eins aktiviert, werden auch alle anderen mit in Bewegung gesetzt.

Durch bewusste Anwendung der sieben Prinzipien können wir vom machtlosen Opfer zum machtvollen Schöpfer unseres Lebens werden. Wir können das Buch unseres Lebens neu schreiben und ihm eine Wendung geben, die uns erfüllt und uns glücklich macht.

Schlusstipps

Lieber Leser, durch das Bewusstwerden der Lebensprinzipien und deren Zusammenhänge werden Sie künftig einige Dinge im Leben besser verstehen können. Es ist nicht nur die Reise von Blank, sondern auch Ihre Reise im Leben... Wenn Sie auf die Stimme Ihres Herzens hören, dann haben Sie den besten Coach und können sich durch Ihr Inneres führen lassen. Gerne Informieren wir Sie an dieser Stelle, welche weiteren Lernmöglichkeiten es zu den Lebensprinzipien gibt:

Der Film zum Buch: Der Film DEINES Lebens

Zum vorliegenden Buch gibt es bereits auch einen **Film.** Er heisst: **Der Film DEINES Lebens**. Dieser Film wurde in Deutschland und Spanien sehr aufwendig gedreht und zeigt auf eine unterhaltsame Art und Weise die Lebensprinzipien in Form eines spielerischen Lehrfilms auf. In der Hauptrolle spielen Patrik Fichte, Jutta Fastian und Francis Fulton-Smith sowie weitere 23 Schauspieler.

Mehr als 80 Personen haben an diesem Film mitgewirkt. Nach drei Jahren war es dann soweit. Der Film zeigt die 7 Spielregeln des Lebens sehr unterhaltsam und eindrücklich auf. Sehen Sie sich doch gleich einmal den Trailer an oder bestellen Sie den Film direkt auf: www.DerFilmDeinesLebens.com.

Der Online-Lehrgang: Das Wissen in den Alltag integrieren

Für viele Leser ist es eindrücklich und logisch nachvollziehbar, wie die Prinzipien funktionieren. Doch mit der Umsetzung hapert es - immer wieder wurde uns gegenüber der Wunsch geäussert, das Wissen in den Alltag zu integrieren und die Prinzipien 1:1 umzusetzen.
Deshalb haben wir nun einen intensiven Online-Lehrgang entwickelt, der Ihnen genau das ermöglichen soll.
Ein ganzes Jahr werden wir Sie begleiten bei Ihrer Entwicklung. Während den ersten 8 Wochen erhalten Sie von uns 1x pro Woche ein Online-Video-Kurs, mit dem Sie durch die Autoren und Filmproduzenten Irene und Thomas Frei ganz direkt geschult und trainiert werden. Danach 1x pro Monat ein ganzes Jahr lang werden Sie trainiert. Darin enthalten sind viele wertvolle Tipps und Werkzeuge für den Alltag und Sie erhalten konkrete Aufgaben und Übungen, sowie Antworten auf folgende Fragen:

- Wie wende ich die **7 Lebensprinzipien im Alltag** richtig an?
- Wie erhalte ich **Zugang** zu **meiner Intuition** und kann diese trainieren?
- Wie kann ich meine **Berufung finden**?
- Wie kann man **Probleme, Ängste und Blockaden** lösen?
- Wie erkennt man **Konflikte**?
- Wie kann ich meine **Partnerschaft verbessern**?
- Wie finde ich den **richtigen Partner** für mich?
- etc.

Profitieren Sie noch heute und buchen Sie sich jetzt gleich Ihren persönlichen Lehrgang unter: www.fluesterstimme.com/lehrgang

Seminar zum Buch:

Im **TRIASPower® Seminar** lernen Sie die Lebensprinzipien im Alltag anzuwenden. Dies geschieht vor allem durch die **Intuitionstechnik** (6.Sinn), durch die man den **Zugang zum Unbewussten** erreicht. Es ist das meistbesuchte Seminar und dauert jeweils fünf Tage. Nach dieser Ausbildung sind Sie selbständig in der Lage, mit Ihrer Intuition zu arbeiten. Mehr Infos gibt es unter: www.triaspower.com

Inhalte des TRIASPower® - Seminars:

- Durch das Abrufen der **Intuition (6.Sinn)** erhalten Sie den **Zugang zum Unbewussten**. Sie können dadurch einfach **optimale Entscheidungen treffen**.

- Über Ihr Unbewusstes erfahren Sie, was die für Sie **optimalen Ziele** im **Beruf, Partnerschaft, Gesundheit, Lebenssinn, Finanzen** etc. sind:

Beruf: Was ist meine **optimale Berufung**? Was sind meine ungeahnten **Talente und Fähigkeiten**? Was bringt mir wirklich **Freude** im Beruf? Wie ziehe ich noch mehr Kunden an, die meine Arbeit schätzen? Was muss ich wissen, um noch **erfolgreicher und zufriedener** zu werden in meinem Beruf?

Partnerschaft: Den **optimalen Partner finden** und eine **glückliche und zufriedene Beziehung** leben. Was muss ich wissen, um meine **Beziehungsblockade** zu lösen? Die bestehenden Beziehungen zu Partnern, Kindern, Eltern, Freunden verbessern.

Finanzen: Was muss ich wissen, um mein **Finanzfeld zu stärken**?

Gesundheit: wie Sie Ihren **Gesundheitszustand verbessern** können.

- Aktuelle **Herausforderungen** wie **Probleme, Ängste, emotionale Blockaden oder zwischenmenschliche Konflikte** verstehen und neutralisieren.

- Den natürlichen Zustand des **Selbstvertrauens und der inneren Sicherheit** wieder zurückgewinnen. Dadurch wächst das **Selbstwertgefühl**, und man geht mit **Gelassenheit** und **Vertrauen** durchs Leben.

- Hellsichtigkeit trainieren: Wie kann man die Zukunft abfragen?

Während der **intensiven Trainingszeit** (5Tage) lernen Sie so Antworten zu bekommen wie Sie es im Buch gelesen haben.

Jährlich besuchen mehrere Hundert Teilnehmer dieses Seminar. Wir haben einmal nachgefragt, weshalb die Teilnehmer zu diesem Seminar kommen. Hier die häufigsten Beweggründe:

Wünsche und Bedürfnisse der Kursteilnehmer:

- Ich möchte wissen, was mein **optimaler Beruf** ist
- Einfach **mehr Erfolg** haben im Beruf
- Endlich einen **Partner finden**
- Die **Partnerschaft verbessern**
- Mehr **Leichtigkeit** im Leben bekommen
- **Klare Ziele** haben und **wissen, was ich will**
- **Angstzustände** lösen
- **Erfolgsblockaden** lösen

- **Nicht** mehr so **viel Stress und Hektik** haben
- **Sicherer** werden (Selbstsicherheit und Vertrauen)
- Sich **nicht mehr schuldig** fühlen
- **Konflikte** mit anderen lösen
- Besseres **Verhältnis** zu Kindern und Freunden
- Mehr die **innere Ruhe** spüren
- **Finanzfeld stärken:** erkennen, wie ich mehr Geld anziehen kann
- Mich nicht immer über alles **aufregen** und gereizt sein
- Meinen **Perfektionismus** lösen
- Ins **Tun** kommen
- Weniger **Hemmungen** haben
- Den **Zugang zum Inneren** finden
- Besser **Entscheidungen** treffen können
- Mehr der **inneren Stimme vertrauen** können.
- etc.

Bestellen Sie doch gratis die ausführliche Broschüre dazu auf www.triaspower.com

An unseren Vorträgen, Workshops oder Kongressen zeigen wir neben den Lebensprinzipen auch den Zugang zur Intuition auf. Durch die Kraft der Gedanken kann man Ziele einfacher und schneller erreichen. Zusätzlich zeigen wir auch einen Ausschnitt des Mental- und Intuitionstrainings von TRIASPower®. Mehr Infos auf www.triaspower.com unter der Rubrik Vorträge.

Für Kongresse oder grössere Vorträge können Sie uns auch buchen. In unserem Shop finden Sie die DVD «Die 7 Lebensprinzipien» mit der Aufzeichnung eines solchen Vortrags auf einem Kongress. Schauen Sie doch mal rein...

Website zum Buch:

Auf der Webseite von **TRIASPower** finden Sie viele wertvolle Tipps zu den Seminaren über **Mental- und Intuitionstraining.** Hier werden all unsere Seminare beschrieben und es gibt Teilnehmerfeedbacks, die auch als Video aufgezeichnet sind. Es gibt einen Downloadbereich, in dem Sie Presseartikel gratis herunterladen können. Zusätzlich besteht die Möglichkeit, sich für den Tipp des Monats anzumelden. Mehr Infos auf www.triaspower.com

Sie haben auch die Möglichkeit, sich für unseren **Newsletter** einzutragen und somit immer wieder die neusten Informationen zu erhalten zu den Themen: Intuition (6.Sinn) und Zugang zum Unbewussten, mentale Erfolgssteuerung und Programmierung, emotionale Blockaden oder Ängste lösen, Stressabbau, Lebensqualität verbessern sowie Hilfe und Tipps für den Alltag und die neusten Daten zu Vorträgen, Spezialveranstaltungen, Seminaren, Bücher, DVDs etc.

Entdecken Sie ausserdem unsere gratis Telefonseminare, Downloads, das neue Partnerschaftspaket mit 12 DVDs und 12 CDs zum Thema Beziehungen, unser Buch «Das Lebensspiel» sowie das Hörbuch und vieles mehr!

Ein Besuch auf unserer Website lohnt sich! Gleich reinschauen unter:
www.triaspower.com

Unsere Anschrift ist:

TRIAS Power GmbH
Hertizenturm 6
Postfach 3213
CH- 6303 Zug (Schweiz)

Irene und Thomas Frei

www.triaspower.com
info@triaspower.com

Tel. 0041(0)43 535 00 35
Fax 0041 (0)43 535 00 36

Ralf Felix Siebler

Heim will! – Argumente für die unverkürzte Elternschaft

Immer mehr verschwinden unsere Kinder aus der Familie – in Krippen, in Kindergärten, in Nachmittagsbetreuungen, in Rund-um-die-Uhr-Kitas. Mehr und mehr wird die Kindheit verstaatlicht, der Übergang zur Heimerziehung scheint fließend.

Aber wollen wir das wirklich? Wollen wir unser Lebenswerk wirklich aus der Hand geben? So oft und so lange, wie nur möglich?

Vollzeit-Mutter oder Vollzeit-Vater zu werden – und sei es nur für drei Jahre – dazu braucht es heute Mut. Und dieses Buch will Mut machen. Mit viel Humor, mit ganz persönlichen Erfahrungen, mit Argumenten und Thesen, die vielen heute fremd erscheinen – oder nur allzu vertraut.

Peter Fenkart

Wurzeln im Sein – Wir sind zur Erfüllung berufen

Genügt es, ein möglichst sorgenfreies und bequemes Leben anzustreben? Lohnt es sich, morgens aufzustehen, sich täglich abzustrampeln um in der Freizeit ausgiebig zu konsumieren und sich die Zeit zu vertreiben?

Falls Sie sich nicht damit zufrieden geben, beispielsweise, weil Sie sich nicht an irgendeiner Berufstätigkeit abarbeiten möchten, sondern Ihre Berufung finden und leben möchten, dann könnte dieses Buch für Sie ein Ratgeber sein, wie Sie starke Wurzeln im Leben bilden, sich prächtig entfalten und reiche Früchte des Lebens tragen können.

„Denn“, so argumentiert Peter Fenkart in seinem Buch, „wir sind zur Erfüllung berufen!“

Peter Fenkart: „Wurzeln im Sein“
Hardcover - 160 Seiten - 148 x 210 mm
€ 19,95 (D), € 20,95 (A), CHF 29,80 (CH)
ISBN 978-3-941527-18-8